A REVOLUÇÃO DOS BICHOS

Animal Farm

1ª reimpressão — 2022

Tradução: **Renan Bernardo**
Preparação: **Sylvia Skallák**
Revisão: **Guilherme Summa e Tainá Fabrin**
Capa: **Renato Klisman · @rkeditorial**
Arte, projeto gráfico e diagramação: **Francine C. Silva**

Impressão: **Ipsis**

Dados Internacionais de Catalogação na Publicação (CIP)
Angélica Ilacqua CRB-8/7057

O89r Orwell, George, 1903-1950
A revolução dos bichos / George Orwell; tradução de Renan Bernardo. – São Paulo: Excelsior, 2021.
144 p.
ISBN 978-65-87435-24-4
Título original: *Animal farm*
1. Ficção inglesa I. Título II. Bernardo, Renan
21-0879 CDD 823

SIGA NAS REDES SOCIAIS:
@editoraexcelsior
@editoraexcelsior
@edexcelsior
@editoraexcelsior

editoraexcelsior.com.br

GEORGE

ORWELL

A REVOLUÇÃO DOS BICHOS

EXCELSIOR
BOOK ONE

São Paulo
2022

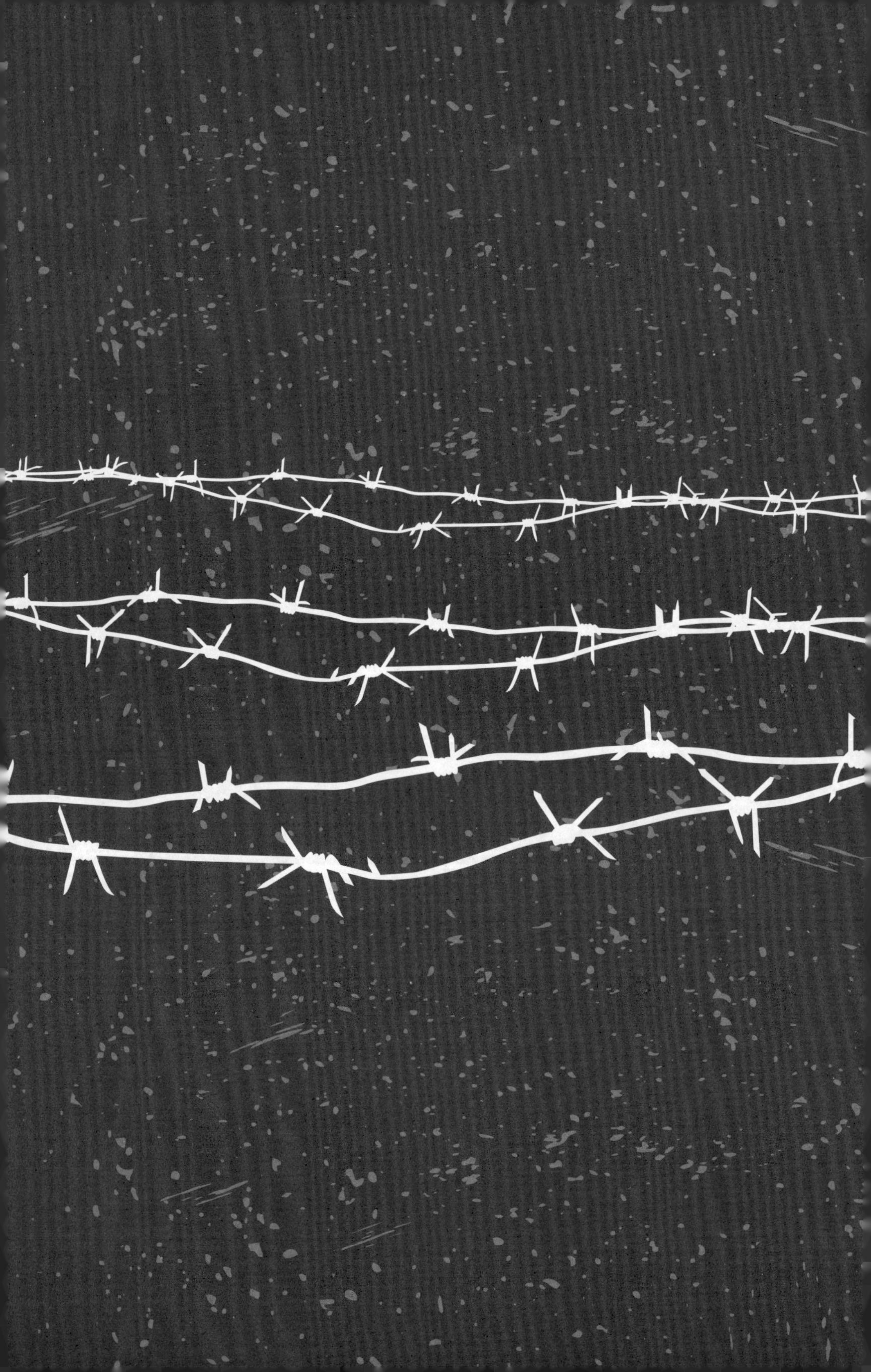

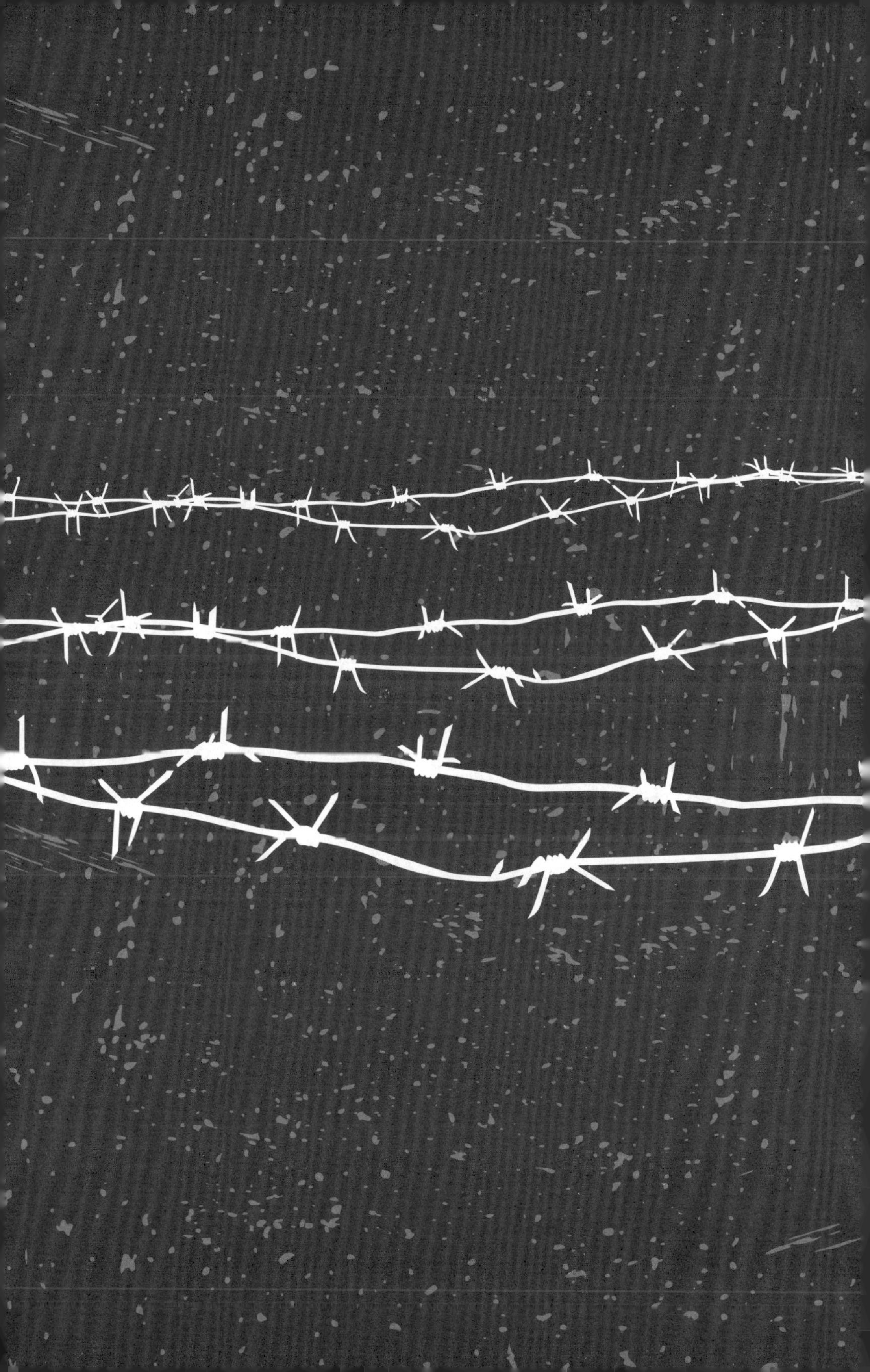

Aquele que anda sobre duas pernas é inimigo

CAPÍTULO 1

O sr. Jones, da Fazenda do Solar, trancou os galinheiros à noite, mas estava bêbado demais para se lembrar de fechar as portinholas. Com o halo de luz de sua lanterna dançando de lado a lado, ele cambaleou pelo quintal, chutou o ar a fim de arrancar as botas quando chegou à porta dos fundos, encheu um último copo de cerveja do barril da área de serviço e prosseguiu para a cama, na qual a sra. Jones já roncava.

Tão logo a luz do quarto se apagou, uma agitação percorreu as construções da fazenda. O rumor que circulara durante o dia era de que Major, um velho porco, premiado varrão de porte médio, tivera um estranho sonho na noite anterior e o desejava comunicar aos outros animais. Ficou combinado que todos se encontrariam no grande celeiro assim que o sr. Jones estivesse seguramente fora do caminho. O velho Major (assim ele era sempre chamado, embora fosse exibido pelo nome Bonitão de Willingdon) era tão conceituado na fazenda que todos estavam dispostos a perder uma hora de sono para ouvir o que ele tinha a dizer.

Em uma das extremidades do grande celeiro, em um tablado, Major já estava abrigado em sua cama de palha sob um lampião pendurado em uma viga. Tinha doze anos e, nos últimos tempos, tornara-se bastante corpulento, mas ainda era um porco de aspecto majestoso com uma aparência erudita e benevolente, apesar de suas presas nunca terem sido cortadas. Em pouco tempo, os outros animais começaram a chegar e se acomodar de acordo com seus diferentes costumes. Primeiro vieram os três cachorros, Tulipa, Julieta e Belisco e, depois, os porcos, que se instalaram na palha bem em frente ao tablado. As galinhas se empoleiraram no parapeito das janelas, os pombos esvoaçaram até as vigas, e as ovelhas e vacas ficaram atrás dos porcos e começaram a ruminar. Valentão e Sortuda, os dois cavalos de tração, chegaram juntos, andando bem devagar, pisoteando com seus cascos peludos e bastante atentos, para o caso de haver pequenos animais que podiam estar escondidos na palha. Sortuda era uma égua parruda e matronal próxima da meia-idade, que nunca recuperara a forma após parir o quarto potro. Valentão era uma criatura enorme, com mais de um metro e oitenta de altura, tão forte quanto dois cavalos comuns juntos. Uma mancha branca no focinho o deixava com uma aparência um pouco estúpida e, realmente, ele não era de uma inteligência primorosa, mas era universalmente respeitado por sua firmeza de caráter e pela tremenda capacidade de trabalhar. Após os cavalos, chegaram Muriel, a cabra branca, e Benjamin, o burro. Benjamin era o animal mais velho da fazenda e o de pior temperamento. Raras vezes falava e, quando o fazia, normalmente era para proferir alguma afirmação cínica – por exemplo, diria que Deus lhe deu um rabo para afastar as moscas, mas que ele preferia não ter rabo e que não existissem moscas. Solitário entre os animais da fazenda, ele nunca ria. Quando perguntavam o motivo, dizia que não via razões para rir. Mesmo assim, sem admitir abertamente, era leal a Valentão; os dois em geral passavam os domingos juntos em um cercado além do pomar, pastando lado a lado sem falar nada.

Os dois cavalos tinham acabado de se acomodar quando uma ninhada de patinhos, que haviam perdido a mãe, marcharam para dentro do celeiro, grasnando fraquinho e vagando de um lado para o outro em busca de um lugar onde não seriam pisoteados. Sortuda fez uma espécie de muro em volta deles com sua forte pata dianteira, e os patinhos se aninharam atrás dela e rapidamente pegaram no sono. No último segundo, Dama, a égua ignorante e bonita que puxava a carroça do sr. Jones, entrou trotando com delicadeza, mastigando um torrão de açúcar. Pegou um lugar na frente e começou a ostentar sua crina branca, esperando chamar atenção para os laços vermelhos trançados nela. A gata chegou por último, buscando o lugar mais quentinho, como de costume, e acabou se enfiando entre Valentão e Sortuda; uma vez lá, ronronou contente durante o discurso do Major sem escutar uma palavra do que ele dizia.

Todos os animais estavam presentes naquele momento, à exceção de Moisés, o corvo domesticado que dormia em um poleiro atrás da porta dos fundos. Ao notar que todos estavam confortáveis e esperando com atenção, Major pigarreou e começou:

– Camaradas, vocês já souberam do sonho estranho que tive na noite passada. Mas vou falar dele depois. Tenho outra coisa para falar antes. Eu não acho, camaradas, que estarei com vocês por muitos meses mais e, antes de morrer, sinto que meu dever é passar adiante a sabedoria que adquiri. Tive uma vida longa e muito tempo para me dedicar ao pensamento no tempo que passei sozinho na minha baia. Acredito que posso afirmar que compreendo a essência da vida nesta terra tão bem quanto qualquer animal vivo. É sobre isso que quero falar com vocês.

"Bom, camaradas, qual é a essência de nossa vida? Vamos encarar o fato de que nossa vida é miserável, extenuante e curta. Nascemos, somos alimentados apenas o tanto necessário para continuar respirando e os mais capazes são forçados a trabalhar até a última centelha de nossa força; e, assim que nossa utilidade chega ao fim, somos abatidos de modo terrivelmente cruel. Nenhum animal na Inglaterra conhece o significado da felicidade e do lazer após completar um ano de idade. Nenhum animal na Inglaterra é livre. A vida de um animal é de miséria e escravidão. Esta é a mais pura verdade.

"Seria tal fato simplesmente parte da natureza? Seria por que esta nossa terra é tão pobre que não pode garantir uma vida decente para aqueles que nela habitam? Não, camaradas, mil vezes não! O solo da Inglaterra é fértil, o clima é bom, e consegue-se garantir alimento em abundância para um número imensamente maior de animais do que aqueles que agora vivem nele. Só esta nossa fazenda tem capacidade para uma dúzia de cavalos, vinte vacas, centenas de ovelhas – e todos vivendo com conforto e dignidade que, no momento, estão além do que somos capazes de imaginar. Por que então continuamos nesta condição miserável? Porque quase todo produto do nosso trabalho é roubado de nós pelos seres humanos. É esta, camaradas, a resposta para todos os nossos problemas. Dá para resumir em uma única palavra: Homem. O Homem é o único inimigo verdadeiro que temos. Remova o Homem e a causa principal da fome e do excesso de trabalho será abolida para sempre.

"O Homem é a única criatura que consome sem produzir. Ele não dá leite, não põe ovos, é fraco demais para puxar o arado e não consegue correr rápido o suficiente a fim de pegar coelhos. Ainda assim, é o senhor de todos os animais. Ele os coloca para trabalhar, dá apenas o suficiente para que não morram de fome e o restante guarda para si. Nossa labuta lavra o solo, nosso esterco o fertiliza e, ainda assim, nenhum de nós possui mais do que a própria pele. Vacas que aqui estão, quantos milhares de galões de leite vocês produziram durante o ano? E o que aconteceu com o leite que deveria estar sendo usado na criação de bezerros sadios? Cada gota dele desceu pelas gargantas de nossos inimigos. E vocês, galinhas, quantos ovos puseram no último ano, e quantos deles se chocaram em pintinhos? O restante foi para o mercado, com o intuito de trazer dinheiro para Jones e seus comparsas. E você, Sortuda, onde estão aqueles quatro potros que você pariu, que deveriam ter sido o suporte e a felicidade de sua velhice? Cada um foi vendido com um ano de idade e você nunca os verá novamente. Em troca de seus quatro partos e de todo o seu trabalho nos campos, o que você já possuiu, com exceção de rações básicas e uma baia no estábulo?

"E mesmo as vidas lastimáveis que levamos não podem fluir de maneira natural. De mim, não reclamo, porque sou um dos sortudos. Tenho doze anos e já tive mais de quatrocentos filhotes. Esta é a vida natural de um porco. Mas, no fim, nenhum animal escapa da faca cruel. Vocês, leitõezinhos sentados à minha frente, cada um de vocês guinchará pelas suas vidas no cepo em um ano. Este horror é destino de todos nós: vacas, porcos, galinhas, ovelhas, todos. Até os cavalos e cachorros não terão um fim melhor. Valentão, assim que esses seus músculos fortes perderem o vigor, o sr. Jones o venderá ao carniceiro, que cortará sua garganta e o cozinhará para os cães de caça. Já vocês, cachorros, quando ficarem velhos e desdentados, terão uma pedra amarrada em volta de seus pescoços por Jones, que os afogará no lago mais próximo.

"Então, camaradas, não é claro como o dia que todos os males desta nossa vida surgem da tirania dos seres humanos? Acabe com o Homem e o produto de nosso trabalho será nosso.

Quase da noite para o dia podemos nos tornar abastados e livres. O que devemos fazer, então? Ora, trabalhar dia e noite, com corpo e alma, para derrubar a raça humana! Esta é minha mensagem para vocês, camaradas: Rebelião! Não sei quando tal Rebelião virá, pode ser em uma semana ou em cem anos, mas tenho certeza, tanto quanto tenho certeza que há palha sob minhas patas, que cedo ou tarde a justiça será feita. Foquem nisso, camaradas, durante as suas vidas curtas! E, acima de tudo, passem a minha mensagem àqueles que vierem depois de vocês, para que as gerações futuras levem adiante a luta até que a vitória seja alcançada.

"E lembrem-se, camaradas: nunca devem vacilar em sua determinação. Nenhum argumento deve desencaminhá-los. Nunca escute quando disserem que o Homem e os animais compartilham um interesse em comum, que a prosperidade de um é a prosperidade do outro. É tudo mentira. O Homem não serve aos interesses de nenhuma outra criatura, a não ser aos dele próprio. E entre nós, animais, que haja a perfeita união, a perfeita camaradagem durante a luta. Todo homem é inimigo. Todo animal é camarada."

Naquele momento, soou um clamor formidável. Enquanto Major falava, quatro ratos grandes se esgueiraram de seus buracos e se sentaram sobre as patas traseiras, escutando. De repente, os cachorros os viram e os ratos dispararam em direção aos seus buracos em busca de se salvar. Major ergueu a pata, pedindo silêncio.

"Camaradas – disse ele –, precisamos decidir uma questão. As criaturas selvagens, como ratos e coelhos... Seriam eles amigos ou inimigos? Vamos abrir para votação. Proponho esta pergunta para o nosso encontro: seriam os ratos camaradas?

Os votos foram realizados de imediato e houve concordância da esmagadora maioria de que os ratos eram camaradas.

Houve apenas quatro dissidentes, os três cachorros e a gata, esta última tendo votado contra e a favor, como depois se descobriu.

Major prosseguiu:

– Tenho muito pouco para dizer agora. Meramente me repito: lembrem-se sempre do seu dever de inimizade para com o Homem e seus modos. O que andar sobre duas pernas é inimigo. O que andar sobre quatro pernas ou tiver asas é um amigo. E recordem também que, durante a luta contra o Homem, não devemos nos assemelhar a ele. Mesmo após conquistá-lo, não adotem seus vícios. Nenhum animal jamais deverá viver dentro de uma casa, dormir em uma cama, vestir roupas, beber álcool, fumar cigarro, tocar em dinheiro ou se envolver com comércio. Todos os hábitos humanos são malignos. E, acima de tudo, nenhum animal jamais deverá tiranizar a própria espécie. Fraco ou forte, sábio ou humilde, somos todos irmãos. Nenhum animal jamais deverá matar outro animal. Todos os animais são iguais.

"E agora, camaradas, contarei sobre meu sonho da noite passada. Não consigo descrever tal sonho para vocês. Foi um sonho sobre como a terra será quando o ser humano tiver desaparecido. Mas ele me lembrou de algo que eu havia esquecido há muito tempo. Muitos anos atrás, quando eu era um porquinho, minha mãe e outras porcas costumavam cantar uma antiga canção da qual conheciam apenas a melodia e as três primeiras palavras. Eu sabia tal canção em minha infância, mas havia muito tempo que ela saíra da minha memória. Além disso, também recordei a letra da música. São palavras que tenho certeza que foram cantadas pelos animais de outrora e que se perderam na memória por gerações. Vou cantar esta canção agora para vocês, camaradas. Sou velho e minha voz está rouca, porém, quando eu lhes ensinar a melodia, vocês conseguirão entoá-la melhor entre vocês. Ela é chamada "Bichos da Inglaterra".

O velho Major pigarreou e começou a cantar. Como dissera, sua voz estava rouca, mas ele cantou bem o suficiente. Era uma melodia emocionante, algo entre "Clementine" e "La Cucaracha". A letra era a seguinte:

Bichos da Inglaterra e da Irlanda
Bichos da terra e da estação,
Boas-novas aqui se canta
De um futuro de satisfação.

Logo, logo, passam-se os meses
Homem tirano é derrubado,
Os férteis campos ingleses
Só por bichos será trilhado.

Do focinho, puxem a argola,
Do dorso, tirem o arreio,
Sem cabrestos, rédeas, gaiola,
Chicotes vis, corto ao meio.

A fartura não é ilusão,
Trigo, cevada, aveia e feno,
Beterraba, trevo e feijão,
Tudo nosso no dia pleno.

Campos ingleses tão luzidios,
Calma a brisa que só rugia,
Pura a água que flui nos rios,
No grande dia da alforria.

Por tal dia e sem descanso,
Nem que a morte venha antes;
Vaca, cavalo, peru e ganso,
Ó liberdade, não hesitantes.

Bichos da Inglaterra e da Irlanda,
Bichos da terra e da estação,
Boas-novas, deixem que expanda,
De um futuro de satisfação.

A cantoria deixou os animais numa animação frenética. Logo antes de Major chegar ao fim, eles começaram a cantar por conta própria. Até o mais estúpido dentre eles conseguira acompanhar a melodia e algumas palavras, enquanto os mais sábios, como os porcos e os cachorros, decoraram-na e cantaram por alguns minutos. Então, após algumas tentativas preliminares, a fazenda inteira entoou "Bichos da Inglaterra" em um uníssono extraordinário. As vacas a mugiram, os cachorros a uivaram, as ovelhas a baliram, os cavalos a relincharam e os patos a grasnaram. Deleitaram-se tanto com a música que a cantaram cinco vezes seguidas e poderiam ter prosseguido por toda a noite se não tivessem sido interrompidos.

Infelizmente, o rebuliço acordou o sr. Jones, que saltou da cama certo de que havia uma raposa no pátio. Pegou a escopeta que sempre ficava em um canto do quarto e disparou uma saraivada na escuridão. Os projéteis de chumbinho fincaram na parede do celeiro e o encontro terminou às pressas. Todos fugiram para os lugares onde dormiam. Os pássaros saltaram de seus poleiros, os animais se acomodaram na palha e toda a fazenda estava adormecida em poucos instantes.

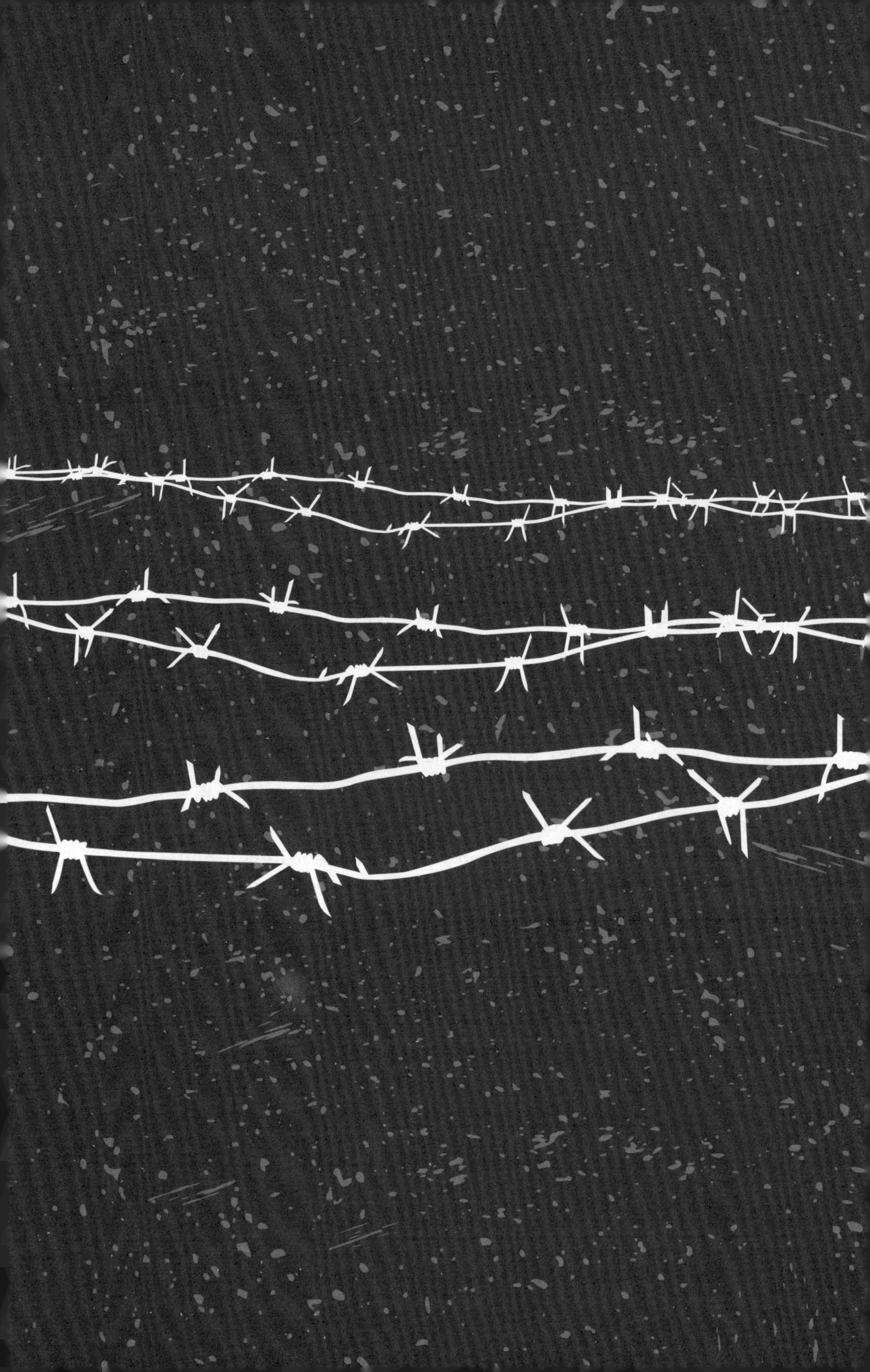

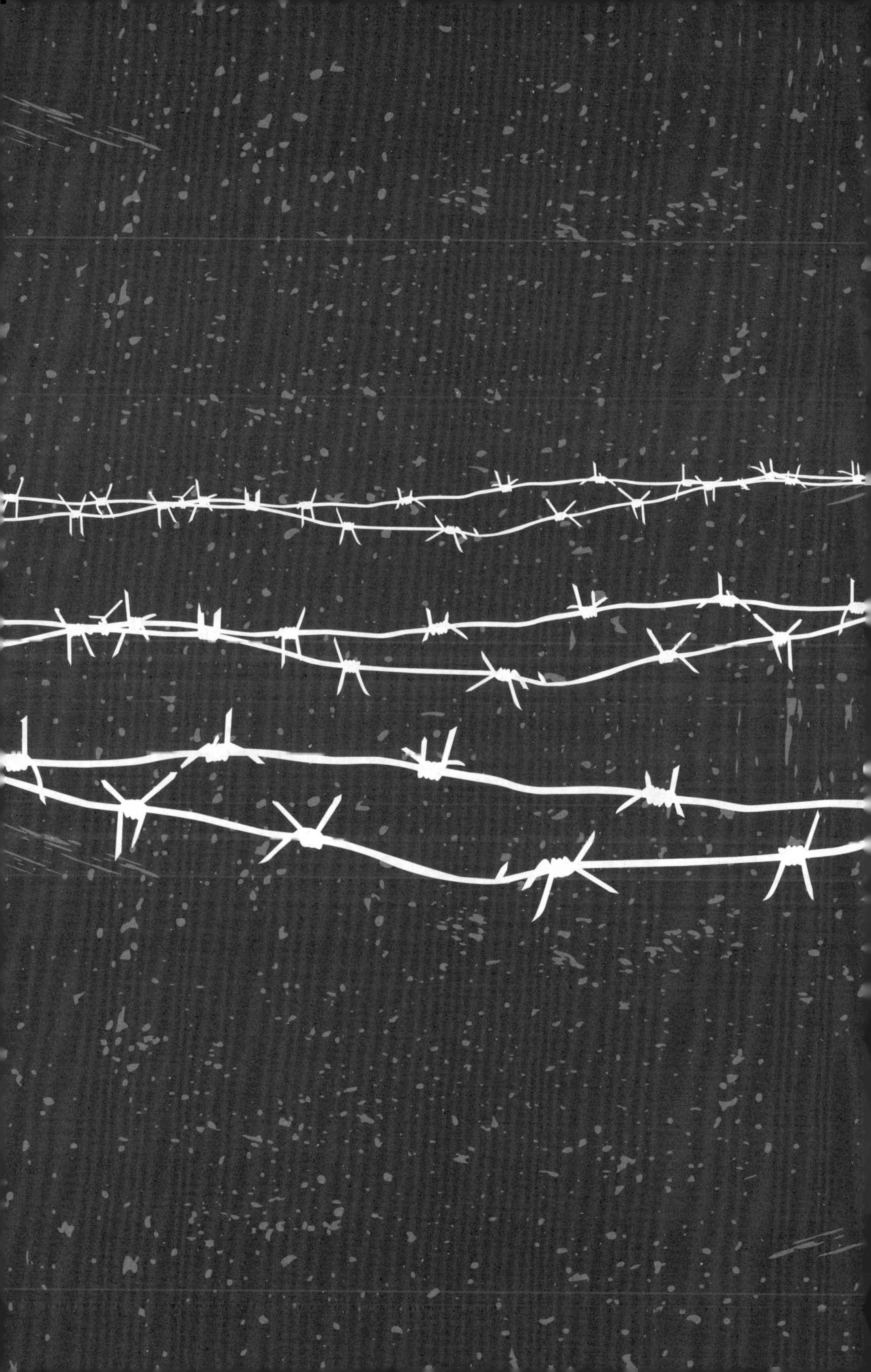

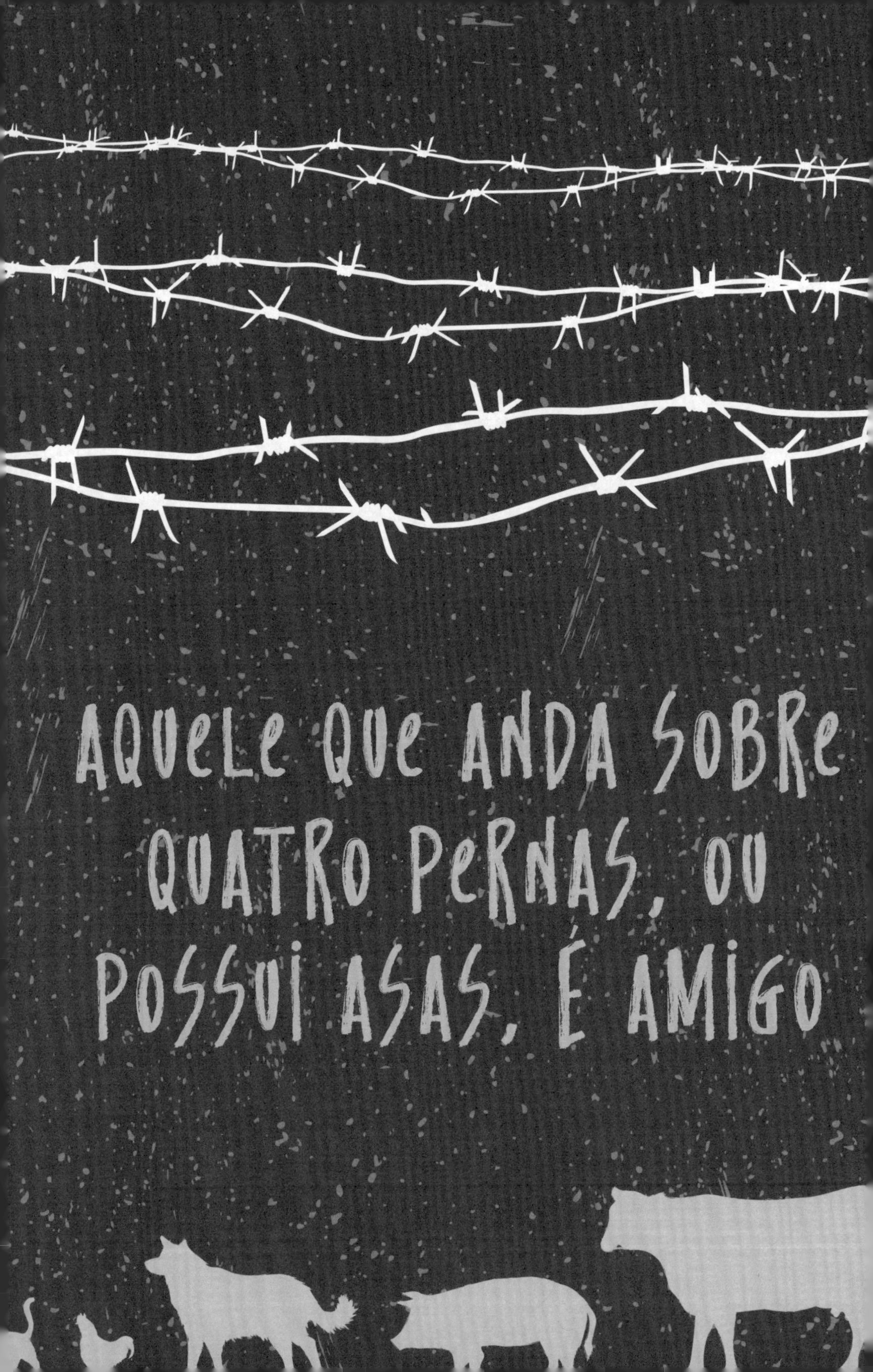
AQUELE QUE ANDA SOBRE
QUATRO PERNAS, OU
POSSUI ASAS, É AMIGO

CAPÍTULO 2

Três noites depois, o velho Major morreu pacificamente durante o sono. Seu corpo foi enterrado na orla do pomar.

Aquilo foi no início de março. Durante os três meses subsequentes, ocorreram muitas atividades secretas. O discurso de Major dera uma perspectiva de vida completamente nova aos animais mais inteligentes da fazenda. Não sabiam quando a Rebelião prevista pelo Major aconteceria e não tinham motivo para achar que ocorreria durante o período em que estivessem vivos, mas perceberam claramente que era seu dever se preparar para ela. O trabalho de ensinar e organizar os outros recaiu naturalmente sobre os porcos, que em geral eram reconhecidos como os animais mais espertos. Notáveis entre os porcos estavam dois jovens varrões chamados Bola de Neve e Napoleão, os quais o sr. Jones estava criando para vender. Napoleão era um varrão Berkshire grande e de aparência bem feroz, o único Berkshire na fazenda; não era muito de conversar, mas tinha reputação de conseguir o que queria. Bola de Neve era um porco mais ativo do que Napoleão, de retórica mais ágil e mais inventivo, mas era conhecido por não ter o mesmo caráter consistente. Todos os outros porcos machos na fazenda eram leitões. O mais conhecido entre eles era um porquinho rechonchudo chamado Guincho, com bochechas bem redondas, olhos brilhantes, movimentos ligeiros e uma voz estridente. Era um orador talentoso e, ao articular algum assunto difícil, tinha o hábito bastante persuasivo de saltitar de um lado para o outro mexendo o rabo. Os outros alegavam que Guincho podia transformar coisas ruins em boas.

Os três compilaram os ensinamentos do velho Major em um sistema de pensamento completo, para o qual deram o nome de Animalismo. Várias noites por semana, depois que o sr. Jones ia dormir, os porcos realizavam assembleias secretas no celeiro buscando explicar os princípios do Animalismo aos demais. No início, os bichos reagiram com bastante estupidez e indiferença. Alguns falavam da obrigação de lealdade ao sr. Jones, a quem se referiam como "Mestre", ou faziam afirmações simplistas como: "O sr. Jones nos alimenta. Se ele partir, vamos morrer de fome". Outros faziam perguntas como: "Por que devemos nos importar com o que vai acontecer depois que morrermos?" ou "Se esta Rebelião vai acontecer de qualquer maneira, que diferença faz se trabalharmos em prol dela ou não?". E os porcos tinham bastante dificuldade em convencê-los de que aqueles pensamentos eram contrários ao espírito do Animalismo. As perguntas mais idiotas eram feitas por Dama, a égua branca. A primeira pergunta que ela fez para Bola de Neve foi:

– Haverá açúcar depois da Rebelião?

– Não – rebateu Bola de Neve com firmeza. – Não temos meios de fabricar açúcar nesta fazenda. Além disso, você não precisa de açúcar. Você terá toda a aveia e o feno que quiser.

– E eu ainda poderei vestir lacinhos na minha crina? – perguntou Dama.

– Camarada – disse Bola de Neve –, estes lacinhos dos quais é tão devota são insígnias da escravidão. Não consegue entender que a liberdade vale mais do que laços?

Dama assentiu, mas não pareceu tão convencida.

Os porcos tinham ainda mais dificuldade em neutralizar as mentiras espalhadas por Moisés, o corvo domesticado. Moisés, que era o bichinho de estimação especial do sr. Jones, era um espião e um fofoqueiro, mas também um orador esperto. Clamava conhecer a existência de uma terra misteriosa chamada de Montanha Docinha, para onde todos os animais iam após a morte. Moisés dizia que era situada em algum lugar no céu, um pouco acima das nuvens. Na Montanha Docinha era domingo todo dia da semana, durante o ano inteiro os campos ficavam repletos de trevo, e nas sebes cresciam torrões de açúcar e bolo de linhaça. Os animais odiavam Moisés porque ele contava histórias e não trabalhava, mas alguns acreditavam na Montanha Docinha, e os porcos precisavam argumentar bastante para os persuadi-los de que tal lugar não existia.

Seus discípulos mais fiéis eram os dois cavalos de tração, Valentão e Sortuda. Os dois tinham bastante dificuldade em pensar por conta própria, mas, tão logo aceitaram os porcos como professores, ambos absorveram todas as explicações e as passaram adiante para os outros animais por meio de argumentos simplificados. Jamais faltavam às assembleias secretas no celeiro e sempre puxavam "Bichos da Inglaterra", com a qual os encontros sempre terminavam.

Acabou que a Rebelião foi alcançada muito antes e mais facilmente do que qualquer animal esperava. Nos anos anteriores, o sr. Jones, ainda que um mestre severo, fora um fazendeiro competente, mas ultimamente passava por dias difíceis. Ficara bastante desanimado ao perder dinheiro em uma ação judicial e começara a beber mais do que era recomendado. Por dias inteiros, ficava estirado em sua cadeira campestre na cozinha, lendo jornais, bebendo e ocasionalmente alimentando Moisés com cascas de pão banhadas em cerveja. Seus empregados eram preguiçosos e desonestos, os campos estavam cheios de ervas daninhas, as construções precisavam de telhas, as sebes estavam negligenciadas e os animais permaneciam subnutridos.

Junho chegou e o feno estava quase pronto para o corte. No Dia de São João, um sábado, o sr. Jones foi para Willingdon e ficou tão bêbado no bar Leão Rubro que não voltou até o meio-dia de domingo. Os empregados ordenharam as vacas de manhã cedo e depois saíram de mansinho, sem se preocupar em alimentar os animais. Quando de seu retorno, o sr. Jones foi imediatamente dormir no sofá da sala de estar com o jornal *Notícias Globais* sobre o rosto, de modo que, quando a noite chegou, os animais continuaram sem alimentação. Enfim, não conseguiram mais aguentar. Uma das vacas quebrou a porta do galpão com o chifre e todos os animais começaram a se alimentar nos silos. Foi só naquela hora que o sr. Jones acordou. Logo, ele e seus quatro empregados entraram no galpão com chicotes, atacando para todos os lados. Aquilo era mais do que os animais famintos podiam aguentar. De comum acordo, embora nada do gênero tivesse sido planejado de antemão, eles arremeteram contra seus carrascos. Jones e seus homens foram cabeceados e chutados por todos os lados. A situação estava completamente fora do controle. Nunca haviam visto animais se comportando assim antes, e o levante repentino das criaturas – nas quais estavam acostumados a bater e a maltratar de toda forma – quase os deixou de cabelos em pé. Após alguns instantes, desistiram de tentar se defender e caíram fora. No minuto seguinte, todos os cinco estavam fugindo pela trilha de carroças que levava à estrada principal, sendo perseguidos pelos animais triunfantes.

A sra. Jones olhou pela janela do quarto, testemunhou o que estava acontecendo, então encheu às pressas uma bolsa de viagem com alguns itens e escapuliu da fazenda por outro caminho. Moisés se alçou de seu poleiro e esvoaçou atrás dela, grasnando alto. Enquanto isso, os animais foram atrás de Jones e de seus empregados na estrada e bateram a porteira quando os homens saíram. Então, praticamente sem ninguém saber o que estava acontecendo, a Rebelião obteve sucesso: Jones fora expulso. A Fazenda do Solar pertencia aos animais.

Nos primeiros minutos, eles mal podiam acreditar em tamanha sorte. O primeiro ato foi galopar em grupo ao redor dos limites da fazenda, como se para garantir que nenhum ser humano estivesse escondido em lugar algum; depois, correram de volta para as construções da fazenda buscando apagar os últimos traços do reinado odioso de Jones. O quarto de sela no fundo do estábulo foi arrombado; jogaram no poço todos os freios, argolas, coleiras e as impiedosas facas com as quais o sr. Jones castrava os porcos e cordeiros. As rédeas, cabrestos, antolhos e os humilhantes bornais foram arremessados na pilha de lixo em chamas no pátio. Assim como os chicotes. Todos os animais saltaram de alegria ao testemunhar os chicotes em chamas. Bola de Neve também jogou no fogo os laços com os quais as crinas e os rabos dos cavalos eram enfeitados em dias de comércio.

– Laços – disse ele – deveriam ser considerados roupas, que são características dos humanos. Todos os animais devem viver nus.

Quando Valentão ouviu isso, pegou o chapeuzinho de palha que usava no verão para afastar as moscas de suas orelhas e o arremessou no fogo com o restante.

Em bem pouco tempo, os animais destruíram tudo que os fazia lembrar do sr. Jones. Então, Napoleão os levou de volta ao galpão e serviu o dobro de milho para todos, com dois petiscos para cada cachorro. Cantaram "Bichos da Inglaterra" do início ao fim sete vezes seguidas e depois se acomodaram e dormiram como nunca antes.

Mas acordaram ao amanhecer, como de costume, e, ao se lembrarem do evento glorioso do dia anterior, correram juntos para o pasto. Um pouco além do pasto havia uma colina que possibilitava uma visão da maior parte da fazenda. Os animais se apressaram rumo ao topo dela e, na luz clara da manhã, observaram ao seu redor. Sim, era deles – tudo à vista era deles! No êxtase de tal pensamento, saltitaram de um lado para o outro, dando altos pulos de felicidade. Rolaram ao relento, colheram bocados da grama doce do verão, chutaram torrões da terra escura e cheiraram seu perfume opulento. Então, fizeram uma ronda de inspeção na fazenda inteira e examinaram com admiração silenciosa a terra arada, o campo de feno, o pomar, o lago e o pequeno bosque. Era como se nunca tivessem visto aquilo antes e, mesmo assim, era difícil acreditar que era tudo deles.

Depois, enfileiraram-se de volta em direção aos prédios da fazenda e pararam em silêncio em frente à porta da casa. Era deles também, mas estavam com medo de entrar. Contudo, após um instante, Bola de Neve e Napoleão deram trancos na porta com o objetivo de abri-la e os animais entraram em fila indiana, caminhando com o máximo de cuidado, temerosos de tirar qualquer coisa do lugar. Andaram na ponta das patas entre os cômodos, com medo de falar mais alto do que um sussurro e vislumbrando o luxo inacreditável com estupefação: as camas com seus colchões de pena, os espelhos, o sofá acolchoado com crina de cavalo, o tapete belga e a litogravura da rainha Vitória sobre a lareira da sala de estar. Estavam almejando descer as escadas quando perceberam que Dama desaparecera. Voltando, os outros descobriram que ela ficara para trás, no melhor quarto. Pegara um pedaço de laço azul da penteadeira da sra. Jones e o apoiava na própria escápula, admirando-se no espelho de uma forma bem estúpida. Os outros a reprovaram severamente e saíram do quarto. Alguns pernis pendurados na cozinha foram levados para serem sepultados e o barril de cerveja na área de serviço foi esmagado com um chute do casco de Valentão. No mais, nada dentro da casa foi tocado. Uma resolução unânime foi aprovada no mesmo momento para que a casa da fazenda fosse preservada como um museu. Todos aceitaram que nenhum animal devia viver lá.

Os animais tomaram café da manhã, e depois Bola de Neve e Napoleão os reuniram novamente.

– Camaradas – disse Bola de Neve –, são seis e meia e temos um longo dia pela frente. Hoje começamos a colheita de feno. Mas há uma outra questão que deve ser resolvida primeiro.

Os porcos revelaram que, durante os três meses anteriores, aprenderam a ler e escrever com um antigo livro de soletrar que pertencera aos filhos do sr. Jones e que fora jogado no lixo. Napoleão mandou buscar potes de tinta preta e branca e abriu o caminho até a porteira que culminava na estrada principal. Então, Bola de Neve (pois ele era o que escrevia melhor) segurou um pincel entre as juntas de sua pata, apagou FAZENDA DO SOLAR da barra superior da porteira e pintou FAZENDA DOS ANIMAIS no lugar. Seria o novo nome da fazenda. Depois, os animais voltaram para as construções da fazenda onde Bola de Neve e Napoleão requisitaram uma escada para ser colocada nos fundos do grande celeiro. Explicaram que com os estudos dos três meses anteriores, os porcos conseguiram reduzir os princípios do Animalismo a Sete Mandamentos. Os Sete Mandamentos seriam inscritos na parede e se tornariam uma forma inalterável de lei sob a qual todos os animais na Fazenda dos Animais deveriam viver para sempre. Com alguma dificuldade (porque não era fácil para um porco equilibrar-se em uma escada), Bola de Neve subiu e começou a trabalhar com Guincho alguns degraus abaixo segurando o pote de tinta. Os Mandamentos foram escritos na parede alcatroada em letras garrafais e brancas que podiam ser lidas a quase trinta metros de distância. Ficou assim:

OS SETE MANDAMENTOS

1. Aquele que anda sobre duas pernas é inimigo.
2. Aquele que anda sobre quatro pernas, ou possui asas, é amigo.
3. Nenhum animal deve vestir roupas.
4. Nenhum animal deve dormir em uma cama.
5. Nenhum animal deve beber álcool.
6. Nenhum animal deve matar qualquer outro animal.
7. Todos os animais são iguais.

Estava muito bem escrito. À exceção de "amigo", que fora escrito como "aimgo" e uma das letras "s" que estava invertida, o restante estava completamente correto. Bola de Neve leu em voz alta para que os outros ouvissem. Todos os animais assentiram em completa concordância, e os mais inteligentes começaram a decorar os Mandamentos.

– Agora, camaradas – gritou Bola de Neve, deixando o pincel cair –, ao campo de feno! Vamos fazer a colheita mais rápido do que os homens de Jones faziam e transformar isso em uma questão de honra.

Contudo, as três vacas, que pareciam inquietas havia um tempo, começaram a mugir alto. Havia mais de vinte e quatro horas que não eram ordenhadas e suas mamas estavam quase estourando. Depois de certa reflexão, os porcos pediram baldes e ordenharam as vacas com bastante sucesso, suas patas sendo bem adaptadas à tarefa. Logo, estavam diante de cinco baldes de leite cremoso e espumante para os quais muitos dos animais olharam com um interesse considerável.

– O que vai acontecer com todo este leite? – perguntou alguém.

– Jones o usava algumas vezes para misturar na nossa papa – disse uma das galinhas.

– Esqueçam o leite, camaradas! – gritou Napoleão, colocando-se na frente dos baldes. – Isso será resolvido. A colheita é mais importante. O camarada Bola de Neve vai guiá-los. Encontro vocês em alguns minutos. Adiante, camaradas! O feno aguarda.

Então, os animais marcharam até o campo de feno a fim de iniciar a colheita e, à noite, quando retornaram, notaram que o leite desaparecera.

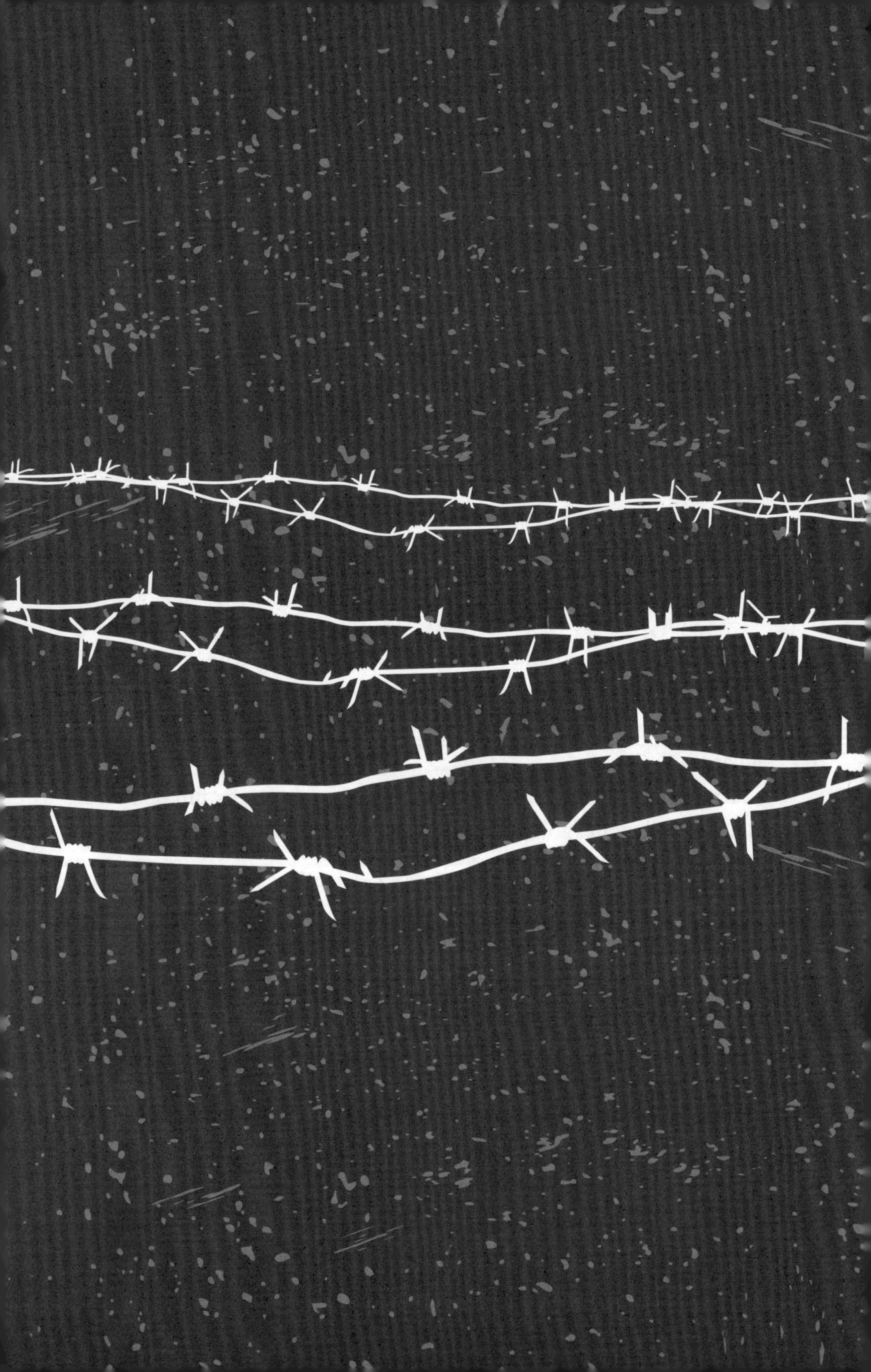

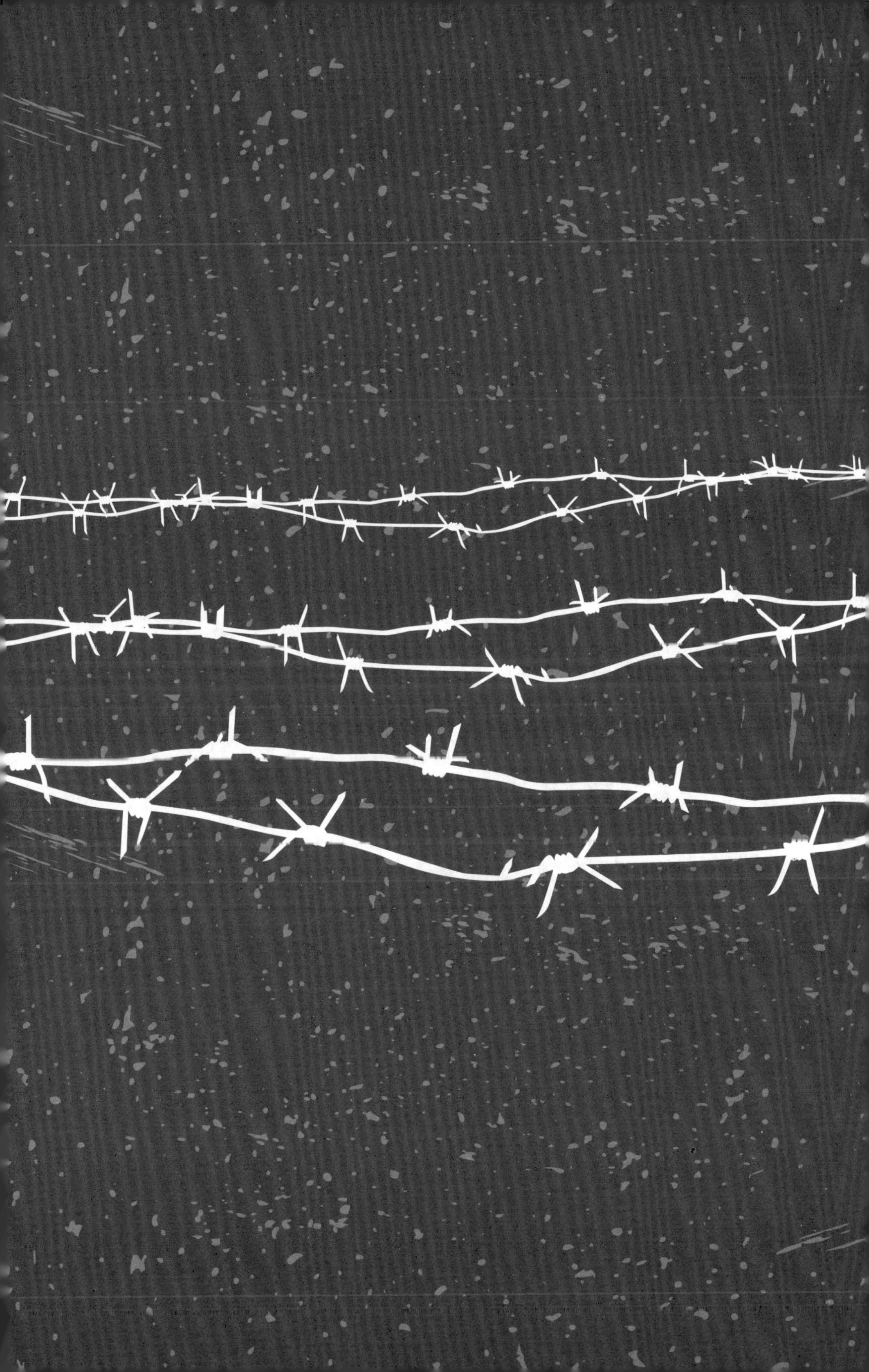

VOU TRABALHAR MAIS!

CAPÍTULO 3

Como trabalharam e suaram para juntar o feno! Mas seus esforços foram recompensados porque a colheita se provou um sucesso ainda maior do que esperavam.

Às vezes, o trabalho era duro; os instrumentos haviam sido projetados para seres humanos e não para animais, e era uma grande desvantagem que nenhum animal pudesse utilizar qualquer ferramenta que envolvesse ficar de pé nas patas traseiras. Mas os porcos eram tão sábios que conseguiam contornar qualquer dificuldade. Já os cavalos conheciam cada centímetro do campo e até mesmo entendiam sobre ceifar e enfardar bem melhor do que Jones e seus homens jamais conseguiram. Os porcos não trabalhavam de fato, mas direcionavam e supervisionavam os demais. Com seu conhecimento superior, era natural que assumissem a liderança. Valentão e Sortuda se atrelavam ao cortador ou ao ancinho (nenhum freio ou rédea era necessário atualmente, claro) e trotavam continuamente de um lado para o outro do campo com um porco atrás deles bradando "Adiante, camarada!" ou "Voltando, camarada!" conforme a situação demandava.

E cada animal, até o mais humilde, trabalhava virando e juntando o feno. Até os patos e galinhas trabalhavam de um lado para o outro o dia inteiro sob o sol, carregando pedacinhos de feno em seus bicos. No fim, eles terminaram a colheita em um período dois dias menor do que o levado por Jones e seus homens. Além disso, fora a maior colheita da história da fazenda. Sem desperdício algum; as galinhas e os patos, com seus olhos aguçados, juntaram até a última haste. E nenhum animal da fazenda roubara sequer um bocadinho.

Durante todo o verão, o trabalho da fazenda foi rigoroso. Os animais estavam felizes como nunca conceberam ser possível. Cada pedaço de comida era um prazer enorme e ditoso, agora que ela era realmente deles, produzida por e para eles, e não distribuída por um mestre relutante. Sem os humanos inúteis e parasíticos, havia mais para todo mundo comer. Havia mais lazer também, por mais inexperientes que os animais fossem nisso. Esbarravam em muitas dificuldades – por exemplo, mais para o fim do ano, quando colheram o milho, tiveram de pisá-lo à moda antiga e soprar a palha por conta própria, já que a fazenda não possuía debulhadora –, mas os porcos com sua sabedoria e Valentão com seus músculos parrudos sempre os estimulavam. Valentão era a admiração de todos. Fora um trabalhador profícuo mesmo nos tempos de Jones, mas atualmente se assemelhava mais a três cavalos do que a um; havia dias em que todo o trabalho da fazenda parecia recair sobre seus fortes ombros. Da manhã à noite, ele empurrava e puxava, sempre no lugar onde o trabalho era mais árduo. Combinara com um dos galos para que fosse acordado meia hora antes de todo mundo, e fazia trabalho voluntário na atividade que fosse mais necessária antes de a jornada de trabalho normal iniciar. Sua resposta para qualquer problema ou contratempo era "Vou trabalhar mais!" – a qual adotou como lema pessoal.

Todos trabalhavam de acordo com a própria capacidade, porém. As galinhas e os patos, por exemplo, poupavam cinco alqueires de milho durante a colheita ao recolher os grãos perdidos. Ninguém roubava, ninguém resmungava sobre suas rações, e as discussões, as brigas e a inveja, características normais da vida nos dias antigos, haviam quase desaparecido. Ninguém se esquivava – ou quase ninguém. Era bem verdade que Dama não era boa em acordar cedo e tinha mania de sair antes do trabalho, alegando haver uma pedra em seu casco. E o comportamento da gata era bem peculiar. Logo se percebeu que, quando havia trabalho a ser feito, a gata desaparecia. Sumia por horas a fio e depois, nas horas das refeições ou à noite, findado o trabalho, reaparecia como se nada tivesse acontecido. Mas ela sempre dava excelentes desculpas e ronronava com tanto carinho que era impossível não acreditar em suas boas intenções. O velho Benjamin, o burro, parecia não ter mudado desde a Rebelião. Trabalhava do mesmo jeito lento e teimoso que apresentava na época de Jones, nunca se esquivando, mas também sem se voluntariar para trabalho adicional. Com relação à Rebelião e seus resultados, ele não expressava opinião. Quando questionado se não estava mais feliz depois que Jones se fora, ele dizia: "Burros vivem bastante tempo. Nenhum de vocês jamais viu um burro morto". E os outros se contentavam com a resposta misteriosa.

Aos domingos, não havia trabalho. O café da manhã se iniciava uma hora mais tarde do que o normal e depois dele havia uma cerimônia que ocorria toda semana, sem exceção. Primeiro acontecia o hasteamento da bandeira. Bola de Neve encontrara no quarto de sela uma velha toalha verde de mesa da sra. Jones e pintara nela, com tinta branca, o casco de um cavalo e um chifre. Ela era içada no mastro do quintal da casa todos os domingos pela manhã. Bola de Neve explicara que a bandeira era verde para representar os campos férteis da Inglaterra, enquanto o casco e o chifre significavam a futura República dos Animais, que surgiria quando a raça humana fosse por fim derrubada. Após o hasteamento da bandeira, todos os animais trotavam rumo ao grande celeiro para uma reunião geral que ficou conhecida como Assembleia. Nela, planejava-se o trabalho da semana seguinte e apresentava-se resoluções para serem debatidas. Eram sempre os porcos que apresentavam as resoluções. Os outros animais entendiam como votar, mas nunca conseguiam pensar em resoluções próprias. Bola de Neve e Napoleão eram, de longe, os mais ativos nos debates. Mas um nunca concordava com o outro: qualquer sugestão que um fizesse, o outro certamente se oporia a ela. Mesmo quando se decidiu – um fato que não podia ser contrariado – separar o pequeno cercado atrás do pomar como uma casa de descanso para animais aposentados, houve um debate acirrado à procura de decidir a idade correta de aposentadoria para cada classe de animal. A Assembleia sempre terminava com cantorias de "Bichos da Inglaterra" e a tarde era dedicada à recreação.

Os porcos separaram o quarto de sela como uma base para eles. À noite, estudavam ferraria, carpintaria e outras atividades necessárias, usando livros que traziam da casa da fazenda. Bola de Neve também se ocupava em organizar os outros animais no que ele chamava de Comitês Animalescos. Era incansável naquela tarefa. Formou o Comitê de Produção de Ovos para as galinhas, a Liga dos Rabos Limpos para as vacas, o Comitê de Reeducação para Camaradas Selvagens (o objetivo era domar os ratos e os coelhos), o Movimento Lã Lustrosa para as ovelhas e vários outros, além de instituir aulas de leitura e escrita.

No geral, tais projetos foram um fracasso. A tentativa de domar criaturas selvagens, por exemplo, falhou quase de imediato. Elas continuavam a se comportar como antes e, quando tratadas com generosidade, simplesmente tiravam vantagem dos outros. A gata se afiliou ao Comitê de Reeducação e foi muito ativa por alguns dias. Certo dia, foi vista sentada em um telhado e conversando com alguns pardais que estavam a poucos centímetros do seu alcance. Estava lhes contando sobre como todos os animais agora são camaradas e afirmou que qualquer pardal podia se empoleirar nas patinhas dela, mas os pardais permaneceram afastados.

As aulas de leitura e escrita, no entanto, revelaram-se um grande sucesso. Chegado o outono, quase todos os animais da fazenda haviam sido alfabetizados até certo ponto.

Os porcos já sabiam ler e escrever perfeitamente. Os cachorros aprenderam a ler muito bem, mas não se interessavam em ler nada além dos Sete Mandamentos. Muriel, a cabra, conseguia ler um pouco melhor do que os cachorros e, às vezes, durante a noite, costumava ler para os outros trechos de pedaços de jornal velho que encontrava no lixo. Benjamin lia tão bem quanto qualquer porco, mas nunca exercitava sua habilidade. Disse que até onde sabia não havia nada cuja leitura valesse a pena. Sortuda aprendeu todo o alfabeto, mas não conseguia formar palavras. Valentão não conseguia ir além da letra D. Chegava a traçar as letras A, B, C e D na terra com seu grande casco, mas depois as encarava com as orelhas para trás, às vezes balançando a crina, tentando com toda a força lembrar qual letra vinha a seguir, mas sempre sem sucesso. Em várias ocasiões, na verdade, chegou a aprender as letras E, F, G e H, mas, assim que as decorava, esquecia o A, B, C e D. No fim das contas, decidiu se contentar com as quatro primeiras letras e costumava escrevê-las uma ou duas vezes por dia a fim de refrescar a memória.

Dama se recusou a aprender qualquer letra além das quatro que formavam seu nome. Ela as montava com destreza usando galhinhos e depois as decorava com uma ou outra flor, caminhando em volta a fim de admirar.

Nenhum dos outros animais da fazenda conseguiu passar da letra A. Também se descobriu que os animais mais estúpidos, como as ovelhas, as galinhas e os patos eram incapazes de decorar os Sete Mandamentos. Após muito pensar, Bola de Neve declarou que os Sete Mandamentos podiam ser reduzidos a um único ditado: "Quatro pernas bom, duas pernas mau". Afirmou que aquela expressão continha o princípio essencial do Animalismo. Quem o compreendesse profundamente estaria seguro de influências humanas. Os pássaros objetaram no início, já que consideravam ter também duas pernas, mas Bola de Neve provou que não era bem assim.

– A asa de um pássaro, camaradas – disse ele – é um órgão de propulsão e não de manipulação. Portanto, deve ser considerada como uma perna. A marca distintiva do homem é a MÃO, o instrumento que usam para causar todos seus estragos.

Os pássaros não entenderam as frases longas de Bola de Neve, mas aceitaram sua explicação, e todos os animais mais simplórios começaram a decorar o novo ditado. QUATRO PERNAS BOM, DUAS PERNAS MAU apareceu escrito na parede dos fundos do celeiro, acima dos Sete Mandamentos e em letras maiores. Quando enfim decoraram o ditado, as ovelhas nutriram grande apreço por ele, e quando estavam no campo normalmente começavam a balir "Quatro pernas bom, duas pernas mau! Quatro pernas bom, duas pernas mau!" e continuavam por horas a fio, sem nunca se cansar.

Napoleão não esboçava o menor interesse pelos comitês de Bola de Neve. Dizia que a educação dos jovens era mais importante do que qualquer coisa que fosse feita pelos já crescidos. Acontece que Julieta e Tulipa pariram logo após a colheita do feno, dando à luz nove vigorosos filhotinhos no total. Assim que desmamaram, Napoleão os tirou de suas mães, alegando que o responsável pela educação dos filhotes deveria ser ele. Levou-os para um sótão que só podia ser alcançado com uma escada no quarto de sela e os manteve lá em tamanha reclusão que o restante da fazenda não demorou a se esquecer da existência deles.

O mistério acerca do paradeiro do leite logo foi solucionado. Era adicionado todo dia à mistura dos porcos. As primeiras maçãs começavam a amadurecer e a grama do pomar ficava cheia delas quando eram derrubadas pelo vento. Os animais presumiram que, naturalmente, elas seriam repartidas igualmente; um dia, contudo, emitiu-se uma ordem dizendo que as maçãs sopradas pelo vento deveriam ser coletadas e trazidas para os porcos no quarto de sela. Alguns animais reclamaram, mas não adiantou. Todos os porcos concordaram completamente entre si, até mesmo Bola de Neve e Napoleão. Guincho foi enviado para dar as explicações necessárias aos outros.

– Camaradas! – ele guinchou. – Espero que não pensem que nós, porcos, estamos fazendo isso por egoísmo ou privilégio. Muitos de nós nem gostamos de leite ou maçã. Eu mesmo não gosto. Nosso único objetivo em tomar tais itens é preservar a nossa saúde. Leite e maçãs (isto já foi provado pela Ciência, camaradas) contêm substâncias absolutamente necessárias à saúde de um porco. Nós, porcos, somos pensadores. Toda a gerência e organização desta fazenda depende de nós. Dia e noite estamos nos assegurando do bem-estar de vocês. É por VOCÊS que bebemos aquele leite e comemos aquelas maçãs. Vocês sabem o que aconteceria se nós, porcos, falhássemos em nosso dever? Jones voltaria! Sim, Jones voltaria! Certamente, camaradas. –

Guincho gritou quase em súplica, saltitando de um lado para o outro e mexendo o rabo. – Estou certo de que ninguém quer ver Jones de volta, não é?

Se havia algo que os animais tinham completa certeza era que não queriam o retorno de Jones. Quando a explicação foi apresentada daquela forma, não havia mais nada a discutir. A importância de manter os porcos com uma boa saúde era óbvia demais. Então, houve concordância, sem mais argumentações, que o leite e as maçãs sopradas pelo vento (e também a colheita principal de maçãs quando elas amadureciam) deveriam ser reservados exclusivamente para os porcos.

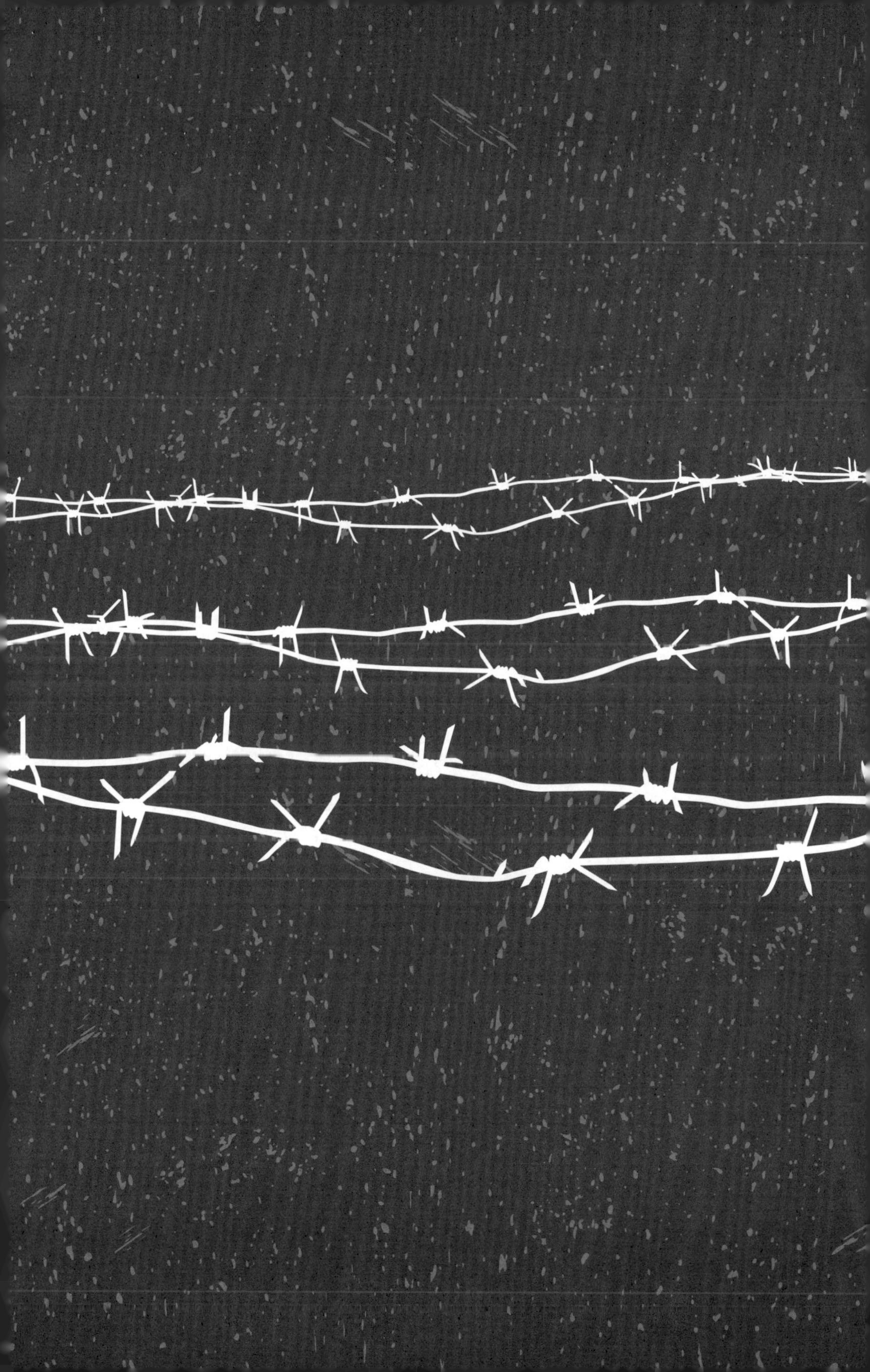

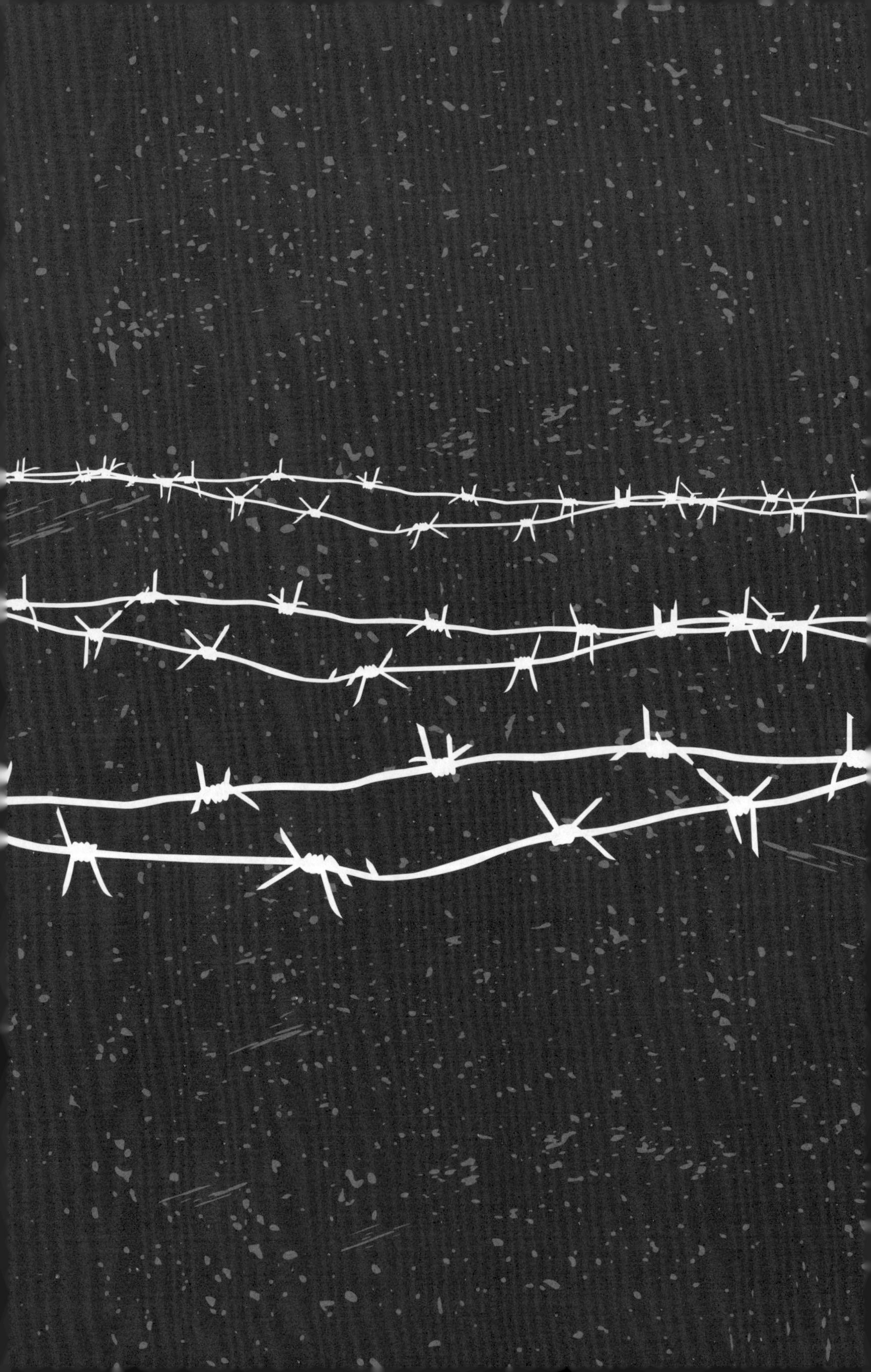

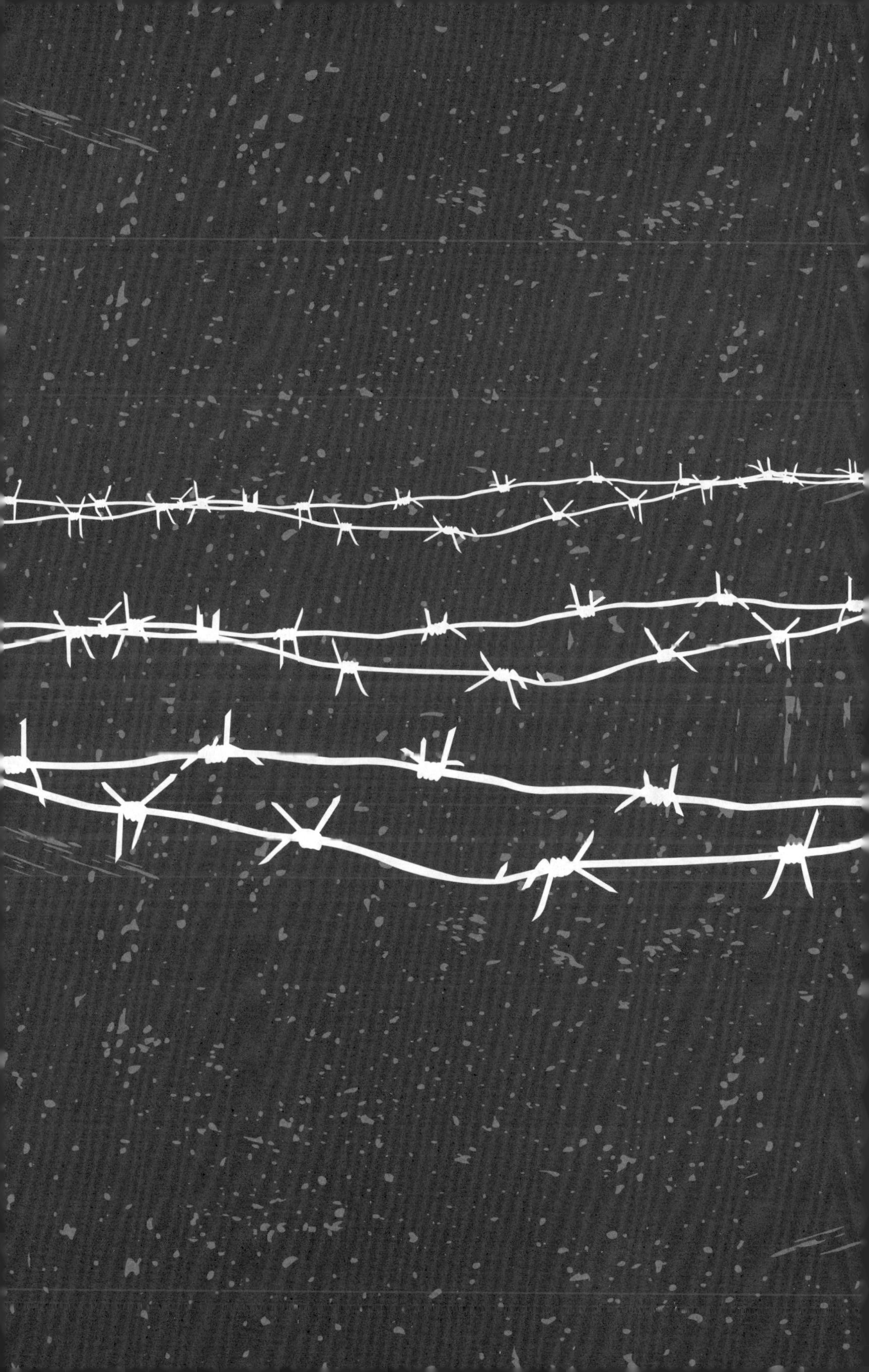

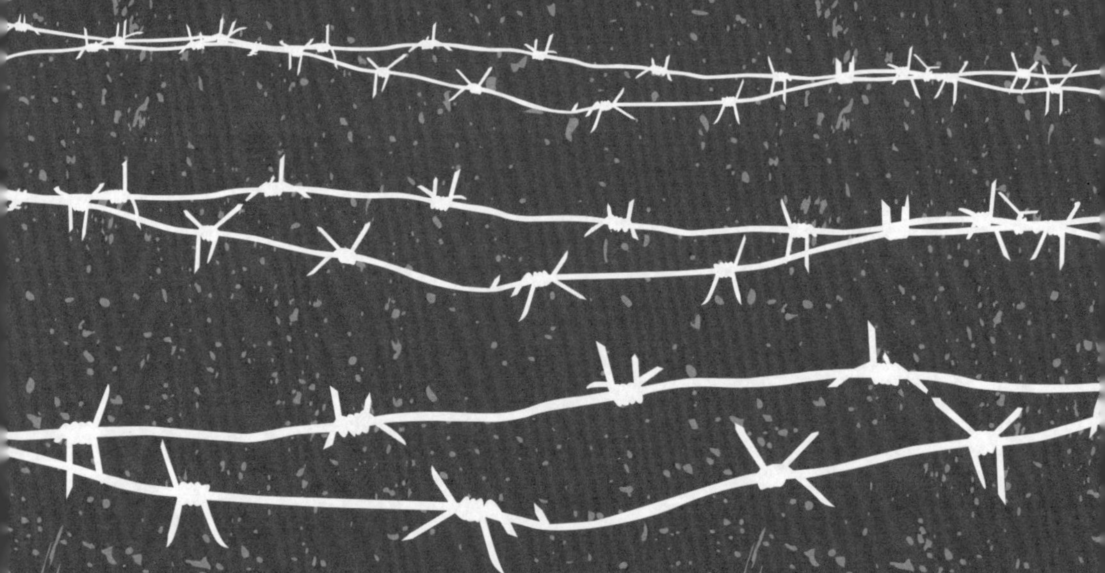

Sem sentimentalismo, camarada!

CAPÍTULO 4

No fim do verão, as notícias do ocorrido na Fazenda dos Animais se espalharam por metade do distrito. Todo dia, Bola de Neve e Napoleão enviavam revoadas de pombos cujas instruções eram se misturar aos animais das fazendas vizinhas, contar a história da Rebelião e ensiná-los a melodia de “Bichos da Inglaterra”.

O sr. Jones passou a maior parte daquele período na área do bar do Leão Vermelho, em Willingdon, reclamando com quem lhe dava atenção sobre a injustiça monstruosa que sofrera ao ser expulso de sua propriedade por um bando de animais imprestáveis. Os outros fazendeiros simpatizavam com o ocorrido, mas não prestavam muita ajuda. No fundo, cada um pensava em segredo se não poderia se aproveitar do azar de Jones. A sorte era que os proprietários das duas fazendas adjacentes à Fazenda dos Animais eram rivais permanentes. Uma delas, chamada Fazenda do Raposão, era uma propriedade grande, negligenciada e antiquada, muito coberta por vegetação, com os pastos desgastados e as sebes em condições precárias. Seu dono, o sr. Pitágoras, era um fazendeiro tranquilo e cavalheiresco, que passava a maior parte do tempo pescando ou caçando, a depender da estação. A outra fazenda, chamada Beliscampo, era menor e mais bem-cuidada. Seu dono era o sr. Frederico, um homem rígido e astuto, sempre envolvido em processos judiciais e famoso por conduzir negociações complicadas. Os dois se desgostavam tanto que era difícil chegarem a qualquer acordo, mesmo que fosse para defender os próprios interesses.

Mesmo assim, estavam ambos bastante assustados com a rebelião na Fazenda dos Animais e bem interessados em prevenir que seus próprios animais aprendessem muito sobre ela. No início, fingiam risadas para menosprezar a ideia de animais gerenciando uma fazenda por conta própria. Diziam que tudo acabaria logo. Espalhavam que os animais na Fazenda do Solar (insistiam em chamá-la de Fazenda do Solar; não toleravam o nome "Fazenda dos Animais") estavam sempre lutando entre si e rapidamente morrendo de fome. Quando o tempo passou e os animais claramente não morreram de fome, Frederico e Pitágoras mudaram o tom e começaram a falar da terrível crueldade que acontecia na Fazenda dos Animais. Era sabido que lá os animais praticavam canibalismo, torturavam uns aos outros com ferraduras em brasa e compartilhavam parceiros. Era o que acontecia ao se rebelar contra as leis da natureza, Frederico e Pitágoras diziam.

Contudo, nem sempre acreditavam por completo em tais histórias. Rumores de uma fazenda maravilhosa, onde os seres humanos haviam sido expulsos e os animais cuidavam de suas próprias vidas, continuaram a circular de formas vagas e distorcidas e, durante aquele ano, uma onda de rebeldia percorreu o interior. Touros, que antes eram dóceis, de repente se tornavam selvagens; ovelhas desmantelavam sebes e devoravam trevos; vacas chutavam baldes; e cavalos de caça recusavam seus cercados e derrubavam seus cavaleiros. Acima de tudo, a melodia e até mesmo a letra de "Bichos da Inglaterra" se tornaram conhecidas em todo lugar. A música se espalhou a uma velocidade surpreendente. Os seres humanos não conseguiam conter a ira quando a ouviam, ainda que fingissem achá-la meramente ridícula. Falavam que não dava para entender como até mesmo animais eram capazes de cantar um lixo tão desprezível de música. Qualquer animal pego cantando era açoitado na hora. E, mesmo assim, a canção era irreprimível. Os melros a assobiavam nas sebes, os pombos a arrulhavam nos olmos, e ela penetrou até mesmo no ruído das forjas e na melodia dos sinos das igrejas. Quando os humanos a escutavam, estremeciam em segredo, ouvindo nela uma profecia de desgraça vindoura.

No início de outubro, quando o milho foi cortado, empilhado e em parte debulhado, uma revoada de pombos desceu girando pelo ar e pousou no pátio da Fazenda dos Animais com uma agitação frenética. Jones e todos os seus homens, unidos a meia dúzia de outros da Fazenda do Raposão e do Beliscampo tinham entrado pela porteira e seguiam pelo caminho que levava até a fazenda. Todos carregavam varas de pau, exceto Jones, que marchava com uma arma na mão. Obviamente tentariam recuperar a fazenda.

A reação era esperada havia um tempo, e todas as preparações tinham sido feitas. Bola de Neve, que estudara um antigo livro das campanhas de Júlio César – que encontrara na casa da fazenda –, estava no comando das operações de defesa. Deu as ordens com agilidade e, em minutos, todos os animais estavam a postos.

À medida que os humanos se aproximaram das construções da fazenda, Bola de Neve lançou seu primeiro ataque. Todos os pombos, totalizando trinta e cinco, esvoaçaram ao redor das cabeças dos homens e defecaram sobre elas; e, enquanto os homens lidavam com o ataque, os gansos, escondidos atrás da sebe, avançaram e bicaram violentamente suas panturrilhas. Contudo, esta foi apenas uma escaramuça branda com o objetivo de criar uma pequena desordem, e os homens afugentaram com facilidade os gansos com suas varas. Então, Bola de Neve lançou seu segundo ataque. Muriel, Benjamin e todas as ovelhas, com Bola de Neve na liderança, avançaram e os espicaçaram e cabecearam por todos os lados enquanto Benjamin se virava e desferia coices com seus pequenos cascos. Contudo, mais uma vez, os homens com suas varas e seus coturnos com solas de prego foram fortes o bastante para aguentar; de repente, com um guincho de Bola de Neve, que era o sinal para recuar, todos os animais se viraram e passaram pelo portal a fim de fugir até o pátio.

Os homens berraram, triunfantes. Viram seus inimigos em fuga, como haviam imaginado, e correram atrás deles em um bando desordenado. Era exatamente o que Bola de Neve queria. Tão logo estavam no pátio, os três cavalos, as três vacas e o restante dos porcos, que estavam aguardando para uma emboscada no estábulo das vacas, saíram de repente pela retaguarda para os desmantelar. Bola de Neve deu o sinal para o ataque. Ele mesmo disparou em direção a Jones. O fazendeiro o viu chegando, levantou a arma e atirou. Os projéteis marcaram o dorso de Bola de Neve com várias listras de sangue e uma ovelha caiu morta. Sem parar, Bola de Neve arremetou com suas mais de seis arrobas nas pernas de Jones, que foi arremessado em um monte de esterco e teve a arma derrubada das mãos. Mas o espetáculo mais incrível de todos foi o de Valentão, sustentando--se sobre as patas traseiras e atacando como um garanhão com seus cascos ferrados. Seu primeiríssimo golpe acertou o crânio de um cavalariço da Fazenda do Raposão e o estirou, sem vida, na lama. Ante a cena, vários homens largaram suas varas e tentaram fugir. O pânico os acometeu e logo todos os animais, juntos, caçaram-nos pelo pátio. Foram chifrados, chutados, mordidos e pisoteados. Não houve um animal na fazenda que não se vingou à sua própria maneira. Até a gata saltou repentinamente de um telhado nos ombros de um vaqueiro e afundou as garras em seu pescoço, fazendo-o gritar de agonia. Quando a passagem ficou livre, os homens fugiram aliviados do pátio e correram em direção à estrada principal. Então, após cinco minutos da invasão, eles dispararam vergonhosamente pelo mesmo caminho por onde tinham chegado com um bando de gansos grasnando e bicando suas panturrilhas.

Todos os homens fugiram, com exceção de um. No pátio, Valentão pateava e tentava virar o cavalariço que estava deitado de bruços na lama. O rapaz não se mexia.

– Está morto – disse Valentão, tristonho. – Eu não tinha intenção de fazer isso. Esqueci que estava com ferraduras. Quem vai acreditar que não fiz isso de propósito?

– Sem sentimentalismo, camarada! – gritou Bola de Neve, suas feridas ainda sangrando. – Guerra é guerra. Ser humano bom é ser humano morto.

– Não tenho vontade alguma de tirar uma vida, nem mesmo humana – pontuou Valentão, seus olhos lacrimejando.

– Onde está Dama? – alguém perguntou.

Dama estava realmente desaparecida. Por um momento, todos ficaram alarmados; temia-se que os homens a tivessem ferido de alguma forma ou mesmo fugido com ela. Contudo, ela logo foi encontrada escondida em sua baia com a cabeça enterrada no feno da manjedoura. Fugira assim que a arma disparara. E quando os outros animais voltaram ao pátio após encontrá-la;

descobriram que o cavalariço estava apenas desmaiado, mas se recuperara e escapara.

Os animais se reuniram com uma empolgação frenética, cada qual recontando com vigor seus próprios feitos na batalha. Uma celebração improvisada de vitória ocorreu no mesmo instante. A bandeira foi hasteada e entoaram "Bichos da Inglaterra" várias vezes. Depois, a ovelha morta foi velada em um funeral solene e um pilriteiro, plantado em seu túmulo. Junto ao túmulo, Bola de Neve proferiu um breve discurso, enfatizando a necessidade de os animais estarem prontos para morrer pela Fazenda dos Animais, se preciso.

Os animais decidiram por unanimidade criar uma condecoração militar, "Herói animal, primeira classe", que foi outorgada ali mesmo a Bola de Neve e a Valentão. Ela consistia de uma medalha de bronze (eram, na verdade, algumas insígnias equestres encontradas no quarto de sela) que deveria ser usada aos domingos e feriados. Também havia "Herói animal, segunda classe", que foi outorgada postumamente à ovelha falecida.

Houve muita discussão sobre qual deveria ser o nome da batalha. Por fim, foi chamada de Batalha do Estábulo das Vacas, já que aquele fora o lugar da emboscada. A arma do sr. Jones foi encontrada na lama e sabia-se haver um estoque de cartuchos na casa da fazenda. Decidiram colocar a arma na base do mastro da bandeira como uma peça de artilharia e atirá-la duas vezes ao ano – uma em 12 de outubro, o aniversário da Batalha do Estábulo das Vacas, e outra no Dia de São João, o aniversário da Rebelião.

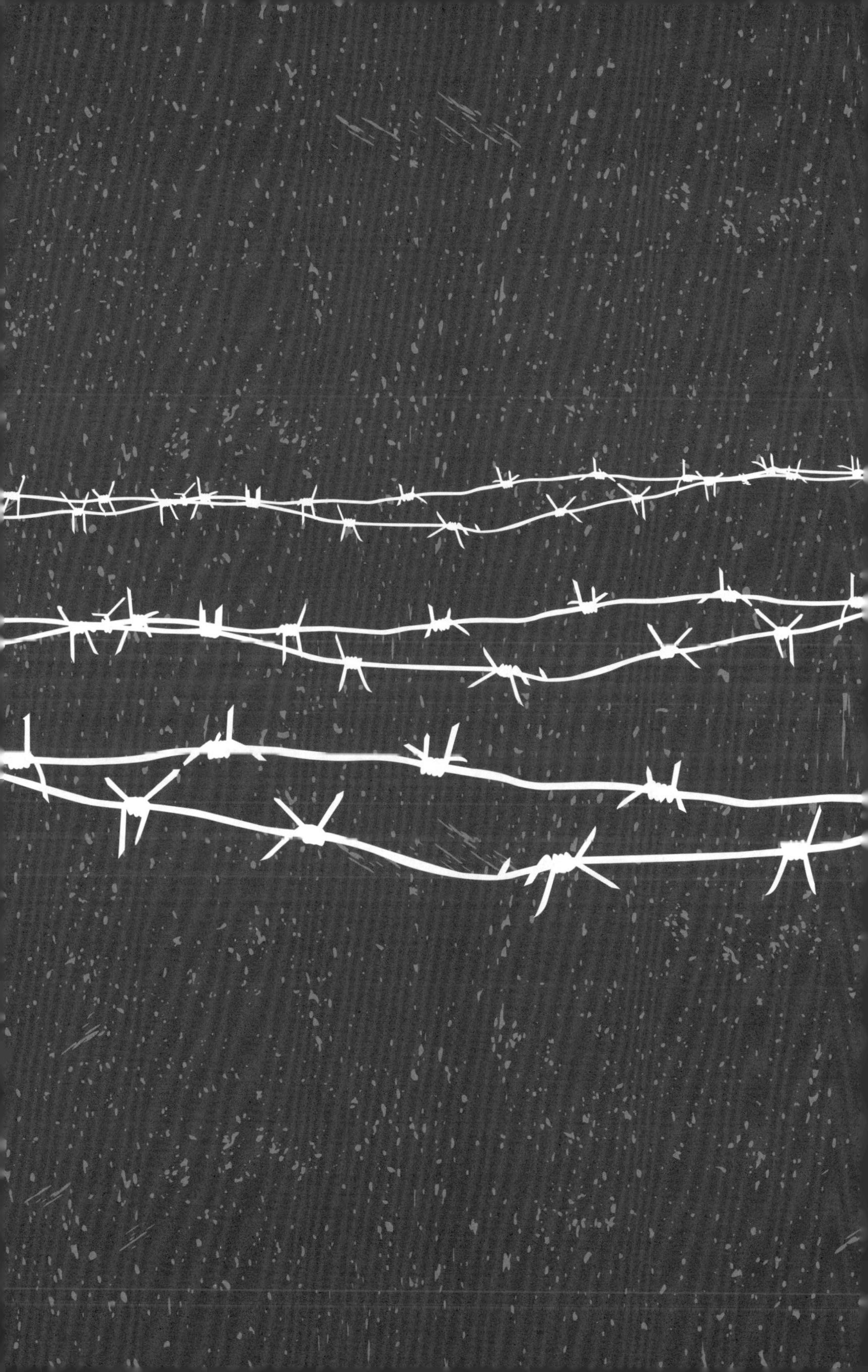

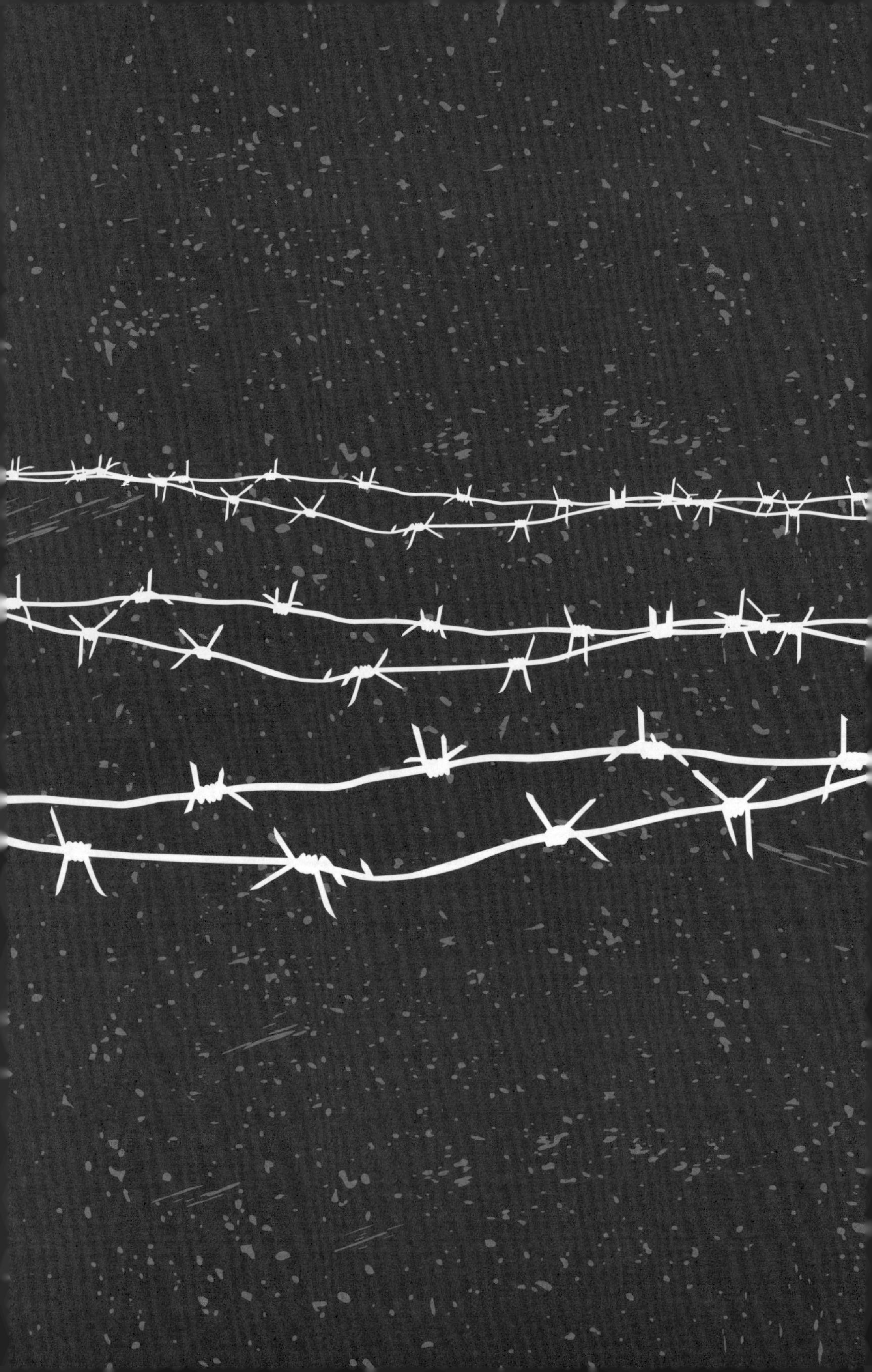

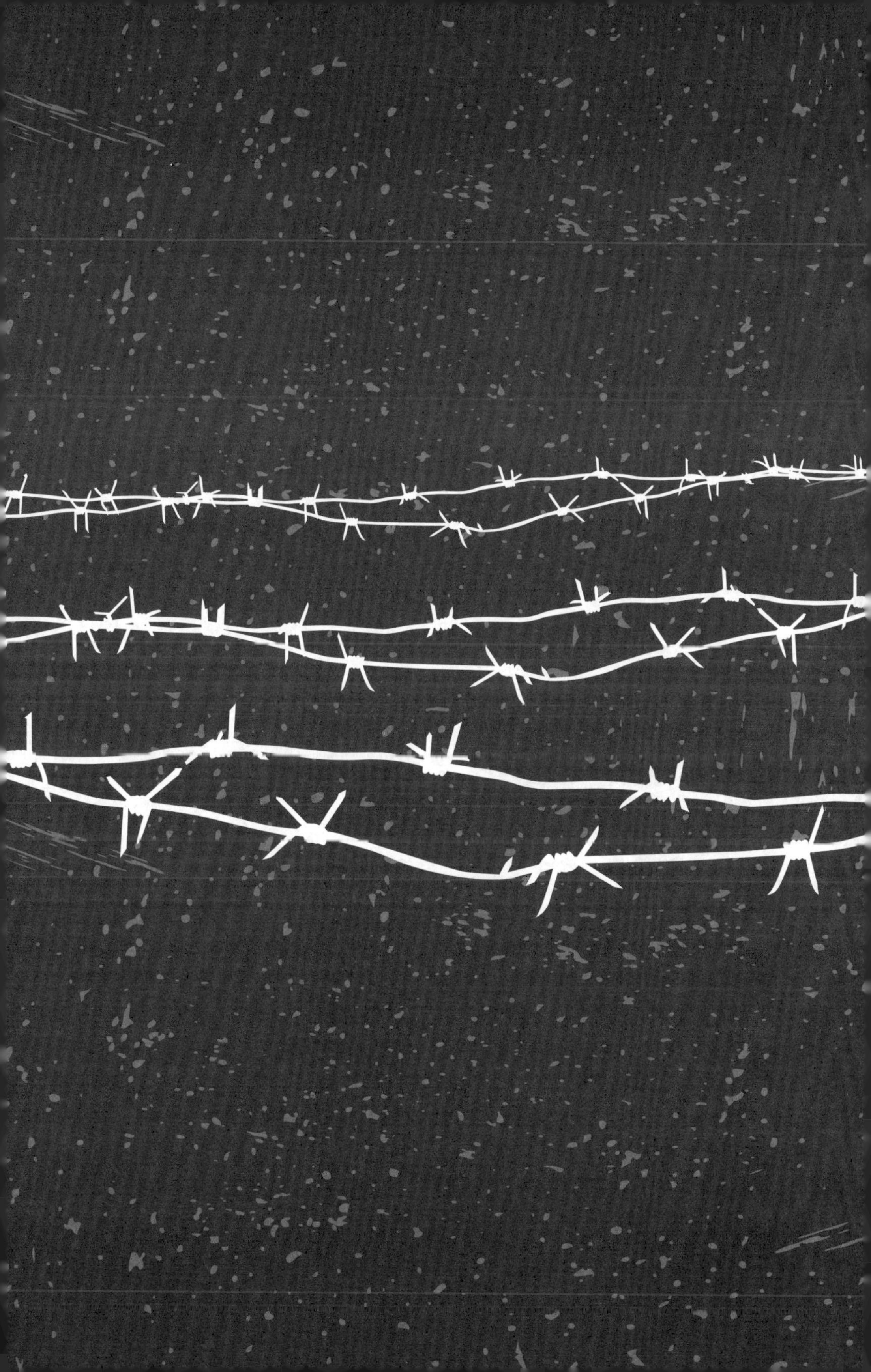

BRAVURA NÃO É SUFICIENTE. LEALDADE E OBEDIÊNCIA SÃO MAIS IMPORTANTES

CAPÍTULO 5

Com o avanço do inverno, Dama ficou cada vez mais problemática. Toda manhã chegava atrasada no trabalho e dava desculpas dizendo que dormira demais, reclamando de dores misteriosas, ainda que seu apetite continuasse excelente. Mediante todo tipo de pretexto, ela fugia do trabalho e ia para o bebedouro, onde encarava estupidamente seu próprio reflexo na água. Mas também havia rumores de algo mais sério. Um dia, quando Dama trotou alegre no pátio, ostentando seu longo rabo e mastigando uma haste de feno, Sortuda a chamou.

– Dama – disse ela –, tenho algo muito sério para lhe contar. Esta manhã eu a vi olhando pela sebe que divide a Fazenda dos Animais da Fazenda do Raposão. Um dos homens do sr. Pitágoras estava parado do outro lado da sebe. E tenho quase certeza que vi, apesar da distância, ele falando com você e acariciando seu focinho. O que isso significa, Dama?

– Ele não fez isso! Eu não fiz! É mentira! – gritou Dama, começando a se empinar e patear o solo.

– Dama! Olhe bem pra mim. Você me dá a sua palavra de que aquele homem não estava acariciando seu focinho?

– Não é verdade! – insistiu Dama, mas sem conseguir encarar Sortuda nos olhos. Em seguida, afastou-se galopando pelo campo.

Sortuda teve uma ideia. Sem dizer nada aos outros, foi até a baia de Dama e revirou a palha com o casco. Escondida sob ela estava uma pequena pilha de torrão de açúcar e vários laços de cores diferentes.

Três dias depois, Dama desapareceu. Por algumas semanas, não se soube seu paradeiro, até que os pombos informaram que a tinham visto do outro lado de Willingdon. Estava entre as hastes de um docar elegante pintado de vermelho e preto, no lado externo de uma taverna. Um homem gordo que parecia o dono do local, de rosto avermelhado e vestindo culotes quadriculados e botinas, acariciava seu focinho e a alimentava com açúcar. Sua manta estava recém-costurada, e Dama também usava um lacinho rubro na crina. Parecia estar feliz, os pombos disseram. Nenhum dos animais jamais a mencionou novamente.

Em janeiro, o tempo ficou amargo e excruciante. A terra estava dura como ferro e nada podia ser trabalhado nos campos. Muitas assembleias aconteceram no grande celeiro, e os porcos se ocuparam de planejar o trabalho da estação seguinte. Fora aceito que os porcos, evidentemente mais espertos do que os outros animais, deveriam decidir todas as questões políticas da fazenda, ainda que suas decisões precisassem ser ratificadas pelo voto da maioria. Tal arranjo teria funcionado muito bem se não fosse pelas disputas entre Bola de Neve e Napoleão. Os dois discordavam sempre que era possível discordar. Se um deles sugerisse semear cevada em uma área maior, o outro sem dúvida demandaria semear aveia em uma área maior, e, se um deles afirmasse que determinado campo era o mais adequado para repolhos, o outro declararia que aquele campo era inútil para qualquer coisa, exceto raízes. Cada um tinha seus seguidores e alguns debates eram violentos. Nas Assembleias, Bola de Neve em geral conquistava a maioria com seus discursos brilhantes, mas Napoleão era melhor em angariar suporte no período entre cada Assembleia. Ele obtinha sucesso especial com as ovelhas. Nos últimos tempos, as ovelhas tinham começado a balir "Quatro pernas bom, duas pernas mau" em qualquer época e normalmente interrompiam a Assembleia com o barulho. Notou-se que era mais provável que entoassem "Quatro pernas bom, duas pernas mau" em momentos cruciais dos discursos de Bola de Neve. Bola de Neve fizera um estudo minucioso de algumas edições antigas da revista *Ofício Rural* que encontrara na casa da fazenda, e estava cheio de planos para inovações e melhorias. Falava com conhecimento sobre drenos de campo, silagem e subprodutos minerais básicos. Elaborou um esquema complexo para que todos os animais depositassem seu esterco diretamente nos campos, em um ponto diferente a cada dia, poupando assim o transporte. Napoleão não produziu esquema algum, mas dizia secretamente que o de Bola de Neve não daria em nada, e parecia estar ganhando tempo. Mas de todas as controvérsias, nenhuma foi tão amarga como a do moinho.

No grande pasto, não tão longe das construções da fazenda, havia uma colina que era o ponto mais alto da fazenda. Após reconhecer o terreno, Bola de Neve declarou que era o local ideal para um moinho, o qual poderia operar um dínamo e abastecer a fazenda com energia elétrica. Isso iluminaria as baias e os aqueceria no inverno, além de permitir a instalação de uma serra circular, um picador de palha, um fatiador e um sistema elétrico de ordenha. Os animais nunca tinham ouvido falar de nada assim (já que a fazenda era antiquada e possuía apenas o maquinário mais primitivo), e escutaram com perplexidade enquanto Bola de Neve conjurava imagens de máquinas fantásticas que executariam o trabalho em seu lugar enquanto eles pastavam com tranquilidade nos campos ou trabalhavam a mente com leitura e conversação.

Em algumas semanas, os planos de Bola de Neve para o moinho estavam totalmente prontos. Os detalhes mecânicos vinham em especial dos livros que haviam pertencido ao sr. Jones – *Mil e uma melhorias para sua casa*, *Quem constrói é você* e *Eletricidade para leigos*. Bola de Neve usava como escritório um galpão que um dia fora usado para abrigar incubadoras e tinha um piso de madeira lisa, ideal para desenhar. Ficava trancafiado lá por horas a fio. Com seus livros abertos sobre uma pedra e um pedaço de giz enfiado no meio das juntas de sua pata, ele se movia com rapidez de um lado para o outro, desenhando traço após traço e soltando exclamações de empolgação. Gradualmente, os planos se tornaram uma confusão de manivelas e engrenagens que cobriam mais da metade do chão, e que os outros animais acharam completamente ininteligível, mas muito impressionante. Todos iam espiar os desenhos de Bola de Neve pelo menos uma vez por dia. Até as galinhas e os patos, cautelosos para não pisar nas marcas de giz. Apenas Napoleão se mantinha longe. Ele se autodeclarara contra o moinho desde o início. Um dia, contudo, chegou inesperadamente à procura de examinar os planos. Marchou pelo galpão, observou com atenção cada detalhe dos planos e os farejou uma ou outra vez. Depois, parou por um tempo, contemplando-os de soslaio; de repente, levantou a pata, urinou em cima deles e foi embora sem proferir uma única palavra.

Toda a fazenda estava profundamente dividida com relação ao moinho. Bola de Neve não negava que a construção seria uma empreitada difícil. Seria necessário carregar pedras e erguer paredes, as lâminas precisariam ser fabricadas e depois haveria a necessidade de cabos e dínamos. (Como eles conseguiriam isso, Bola de Neve não falava.) Mas ele insistia que tudo poderia ser feito em um ano. Declarou também que, a longo prazo, pouparia-se tanta mão de obra que os animais precisariam trabalhar apenas três dias na semana. Napoleão, por outro lado, argumentou que a grande necessidade do momento era aumentar a produção de alimentos, e, se perdessem tempo no moinho, acabariam morrendo de fome. Os animais se agruparam em duas facções sob os slogans "Por uma semana mais leve, vote em Bola de Neve" e "Por comida de montão, vote em Napoleão". Benjamin foi o único animal que não se afiliou a nenhuma facção. Ele se recusava a acreditar que a comida ficaria mais abundante ou que o moinho pouparia o esforço. Disse que, com ou sem moinho, a vida continuaria sempre a mesma, isto é: ruim.

Além das disputas pelo moinho, havia a questão da defesa da fazenda. Era totalmente entendido que, ainda que os humanos tivessem sido derrotados na Batalha do Estábulo das Vacas, eles poderiam fazer outra tentativa, ainda mais determinada, de recuperar a fazenda e reintegrar o sr. Jones. Ainda tinham mais motivos para tal, já que as notícias de sua derrota haviam se espalhado pelo interior e deixado os animais das fazendas vizinhas mais inquietos do que nunca. Como de praxe, Bola de Neve e Napoleão discordavam entre si. Segundo Napoleão, os animais precisavam arranjar armas de fogo e treinar sua utilização. De acordo com Bola de Neve, deveriam enviar cada vez mais pombos e atiçar a rebelião entre os animais das outras fazendas. Um argumentava que, se não pudessem se defender, estavam condenados a ser conquistados, e o outro argumentava que, se rebeliões ocorressem em todo canto, não precisariam se defender. Os animais escutaram primeiro Napoleão, depois Bola de Neve, e não conseguiam decidir quem estava certo; na verdade, acabavam sempre concordando com quem quer que estivesse discursando no momento.

Por fim, chegou o dia em que os planos de Bola de Neve foram concluídos. Na Assembleia do domingo seguinte, deveria ser votado se o moinho seria ou não construído. Quando os animais se reuniram no grande celeiro, Bola de Neve se levantou e, ainda que ocasionalmente interrompido pelo balido das ovelhas, delineou as razões pelas quais defendia a construção do moinho. Então, Napoleão se ergueu para responder. Disse, muito calmamente, que o moinho não fazia sentido e aconselhou que ninguém votasse pela construção, e logo se sentou novamente; falara por menos de trinta segundos e parecia quase indiferente com relação ao efeito que seu discurso produziu. Depois disso, Bola de Neve se ergueu rápido, gritou para as ovelhas calarem a boca, já que tinham começado a balir de novo, e iniciou um apelo impetuoso em favor do moinho. Até aquele momento, os animais estavam mais ou menos divididos igualmente em relação a com quem simpatizavam mais. Entretanto, a eloquência de Bola de Neve logo os conquistou. Com frases cheias de floreios, ele pintou uma imagem de como a Fazenda dos Animais seria quando o trabalho pesado fosse arrancado das costas dos animais. Sua imaginação foi ainda mais longe do que picadores de palha e fatiadores de nabo. A eletricidade, disse ele, podia operar debulhadoras, arados, ancinhos, rolos, trituradoras e colheitadeiras, além de suprir cada baia com sua própria luz elétrica, água fria e quente e até aquecedores. Ao terminar de falar, não havia dúvidas a respeito do rumo dos votos. Contudo, Napoleão se levantou bem naquele instante e, lançando uma olhadela peculiar para Bola de Neve, soltou um guincho agudo de um tipo que nunca o haviam escutado emitir.

Com o chamado, uivos horrendos soaram do lado de fora e nove cães com coleiras de espinho entraram no celeiro. Avançaram direto em Bola de Neve, que saltou e por pouco conseguiu escapar das mandíbulas se fechando. Rapidamente, ele saiu do celeiro com os cães em seu encalço. Perplexos e assustados sequer para falar, os animais se aglomeraram pela porta a fim de assistir à caçada. Bola de Neve correu pelo grande pasto que levava para a estrada. Correu como só um porco conseguia, mas os cachorros já estavam perto de seus calcanhares. De repente, ele escorregou e parecia óbvio que o tinham alcançado. Todavia se levantou novamente e correu mais rápido do que nunca, com os cachorros ganhando vantagem mais uma vez. Um deles fechou as mandíbulas no rabo de Bola de Neve, mas ele o soltou bem a tempo. Então, deu uma acelerada e com alguns centímetros de folga se enfiou em um buraco na sebe, desaparecendo.

Quietos e aterrorizados, os animais se esgueiraram de volta para o celeiro. Os cachorros retornaram logo. Primeiro, ninguém foi capaz de imaginar de onde aquelas criaturas tinham vindo, mas o problema logo foi solucionado: eram os filhotes que Napoleão tirara das mães e criara em privado. Ainda que não tivessem crescido por completo, já eram cães enormes com olhares tão ferozes como os de lobos. Mantiveram-se próximos a Napoleão. Os animais notaram que abanavam o rabo quando o viam da mesma forma que os outros cachorros costumavam fazer com o sr. Jones.

Com os cachorros logo atrás de si, Napoleão subiu na porção elevada do chão onde Major fizera seu discurso no passado. Anunciou que daquele momento em diante as Assembleias de domingo acabariam. Disse que eram desnecessárias e uma perda de tempo. No futuro, todas as questões acerca do trabalho na fazenda seriam decididas por um comitê especial de porcos, presidido por ele mesmo. Estes se encontrariam em particular e depois comunicariam as decisões aos outros. Os animais ainda se reuniriam no domingo de manhã visando saudar a bandeira, cantar "Bichos da Inglaterra" e receber as ordens da semana; mas não haveria mais debates.

Apesar do choque da expulsão de Bola de Neve, os animais ficaram consternados com o anúncio. Vários teriam protestado se pudessem pensar nos argumentos certos. Até mesmo Valentão estava vagamente perturbado. Colocou as orelhas para trás, balançou a crina várias vezes e tentou com afinco coordenar seus pensamentos; contudo, no fim, não conseguiu pensar em nada para dizer. Alguns dos porcos, por sua vez, eram mais articulados. Quatro jovens leitões na fileira da frente proclamaram guinchos esganiçados de desaprovação, e todos os quatro ficaram de pé e começaram a falar de uma só vez. Mas os cachorros sentados ao redor de Napoleão começaram a rosnar de modo intenso e ameaçador, e os porquinhos voltaram a fazer silêncio, sentando-se. Então, as ovelhas iniciaram um balido estarrecedor de "Quatro pernas bom, duas pernas mau!" que se seguiu por quase vinte e cinco minutos e acabou com qualquer chance de discussão.

Depois, Guincho foi enviado para explicar aos demais a nova organização.

– Camaradas – disse ele –, acredito que cada animal aqui aprecie o sacrifício feito pelo Camarada Napoleão ao tomar para si estas obrigações extras. Não pensem, camaradas, que a liderança é prazerosa! Pelo contrário, é uma responsabilidade profunda e gigantesca. Ninguém acredita com mais intensidade que todos os animais são iguais do que o Camarada Napoleão. Ele ficaria muito feliz em deixá-los tomar suas decisões por conta própria.

Mas, às vezes, vocês podem tomar as decisões erradas, camaradas, e então como ficaríamos? Suponham que tivessem decidido seguir Bola de Neve com seu devaneio sobre moinhos. Ele que, como bem sabemos, não era melhor do que um criminoso.

– Ele lutou com bravura na Batalha do Estábulo das Vacas – disse alguém.

– Bravura não é suficiente – disse Guincho. – Lealdade e obediência são mais importantes. E com relação à Batalha do Estábulo das Vacas, acredito que chegará o momento que nos daremos conta de que nossa percepção da participação de Bola de Neve nela está bastante exagerada. Disciplina, camaradas, disciplina de ferro! Esta é a palavra de ordem de hoje. Um passo em falso e nossos inimigos cairão sobre nós. Camaradas, é certo que não querem Jones de volta, não é?

Mais uma vez, o argumento era irrefutável. Com certeza os animais não queriam a volta de Jones; se ter debates nas manhãs de domingo era motivo para trazê-lo de volta, então os debates deveriam cessar. Valentão, que teve mais tempo para organizar as ideias, deu voz ao sentimento geral:

– Se o Camarada Napoleão diz, deve estar certo.

Daquele momento em diante, ele adotou o bordão "Napoleão está sempre certo" junto ao seu lema pessoal "Vou trabalhar mais".

Àquela altura, o tempo estava mais agradável e o arado da primavera começou. O galpão onde Bola de Neve projetara seus planos para o moinho foi fechado e se presumiu que seus desenhos tivessem sido apagados do chão. Todo domingo de manhã, às dez horas, os animais se reuniam no grande celeiro a fim de receber as ordens da semana. O crânio do velho Major, agora livre de carne, fora desenterrado do pomar e montado em um toco de madeira ao pé do mastro e ao lado da arma. Após o hasteamento da bandeira, os animais eram obrigados a se enfileirar diante do crânio para fazer uma reverência antes de entrar no celeiro. Não mais se sentavam todos juntos, como faziam no passado. Napoleão, Guincho e um terceiro porco chamado Pequetito, que tinha um talento surpreendente para compor músicas e poemas, sentavam-se na parte da frente do tablado com os nove cães jovens formando um semicírculo ao redor deles e dos outros porcos atrás. O restante dos animais se sentavam de frente para eles na área principal do celeiro. Napoleão lia as ordens da semana em um estilo militar bronco e, após uma única cantoria de "Bichos da Inglaterra", todos os animais se dispersavam.

No terceiro domingo após a expulsão de Bola de Neve, os animais ficaram um pouco surpresos ao ouvir o anúncio de que, no fim das contas, Napoleão construiria o moinho. Não deu nenhum motivo para ter mudado de ideia e meramente informou os animais de que tal tarefa extra significaria trabalho muito pesado que poderia até indicar uma redução de suas rações. Os planos, contudo, haviam sido todos preparados até o último detalhe. Um comitê especial de porcos estivera trabalhando neles ao longo das três semanas anteriores. A construção do moinho, com várias outras melhorias, estava prevista para ser concluída em dois anos.

Naquela noite, Guincho explicou em particular aos outros animais que Napoleão nunca se opusera de verdade ao moinho. Pelo contrário, ele que o defendera inicialmente, e o plano que Bola de Neve desenhara no chão do galpão da incubadora fora, na verdade, roubado dos documentos de Napoleão. O moinho era, de fato, uma criação do próprio Napoleão. Alguém questionou por que então ele se manifestara tão abertamente contra ele. Naquele momento, Guincho se mostrou muito astuto. Explicou que ali estava a destreza do Camarada Napoleão. Ele PARECERA se opor ao moinho apenas como manobra para se livrar de Bola de Neve, que era um elemento perigoso e uma má influência. Agora que Bola de Neve estava fora do caminho, o plano poderia prosseguir sem sua interferência. Guincho explicou que aquilo era algo chamado tática. Repetiu várias vezes: "Tática, camaradas, tática!", pulando de um lado para o outro e mexendo o rabo com uma risadinha alegre. Os animais não tinham certeza do que significava a palavra, mas Guincho falou de um jeito tão persuasivo, e os três cães que por acaso estavam com ele rosnaram de modo tão ameaçador, que aceitaram a explicação sem mais questionamentos.

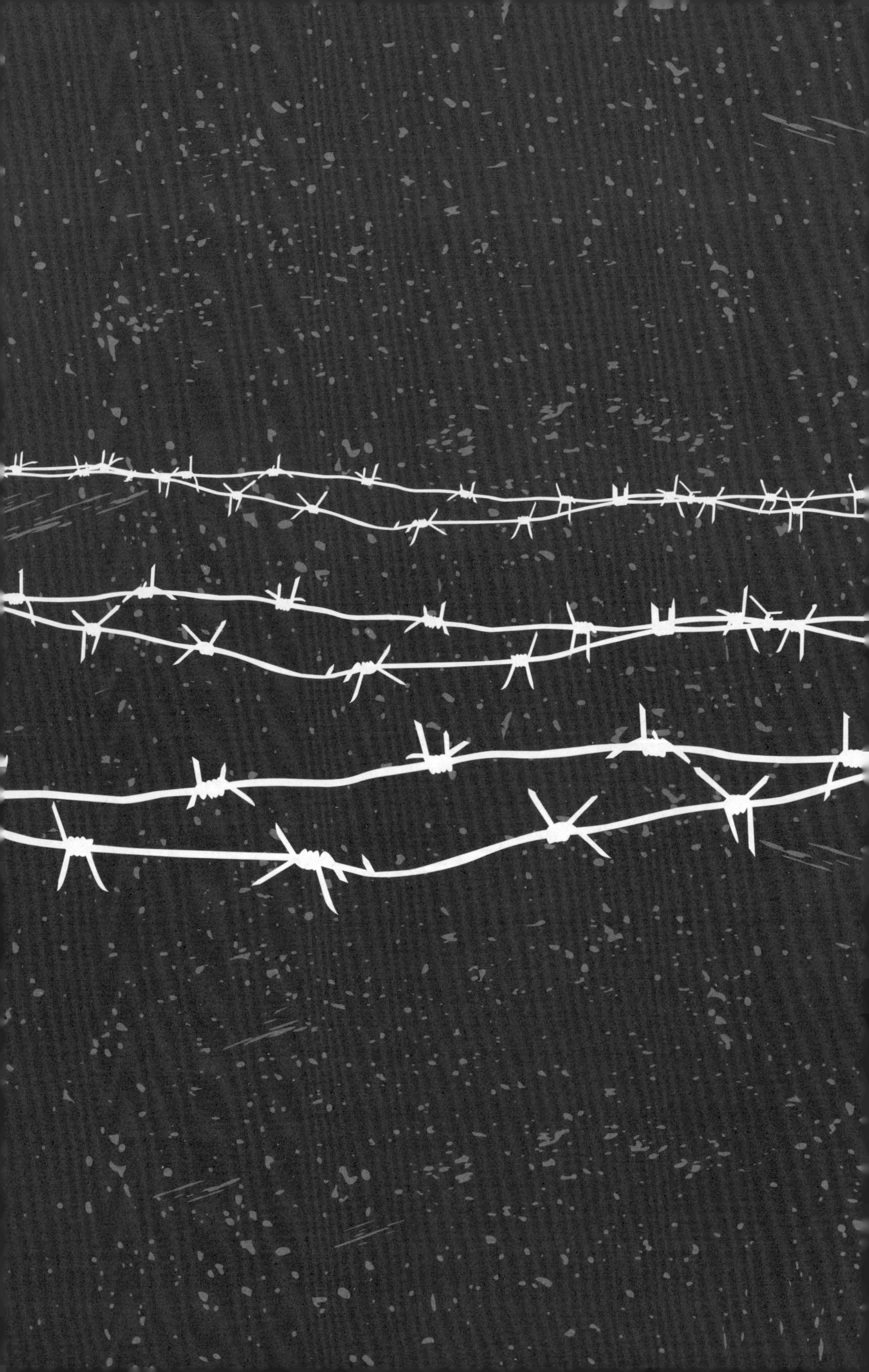

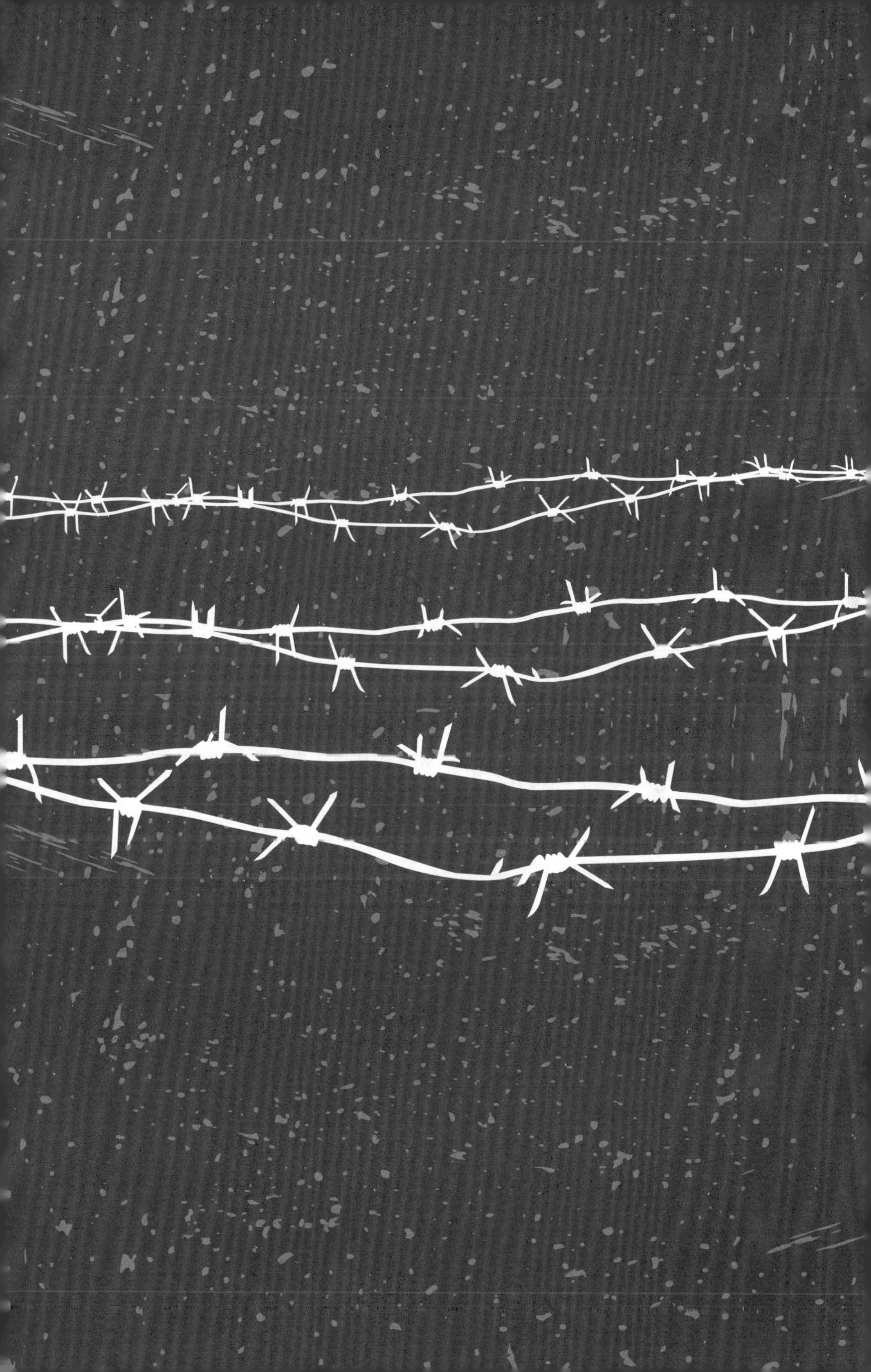

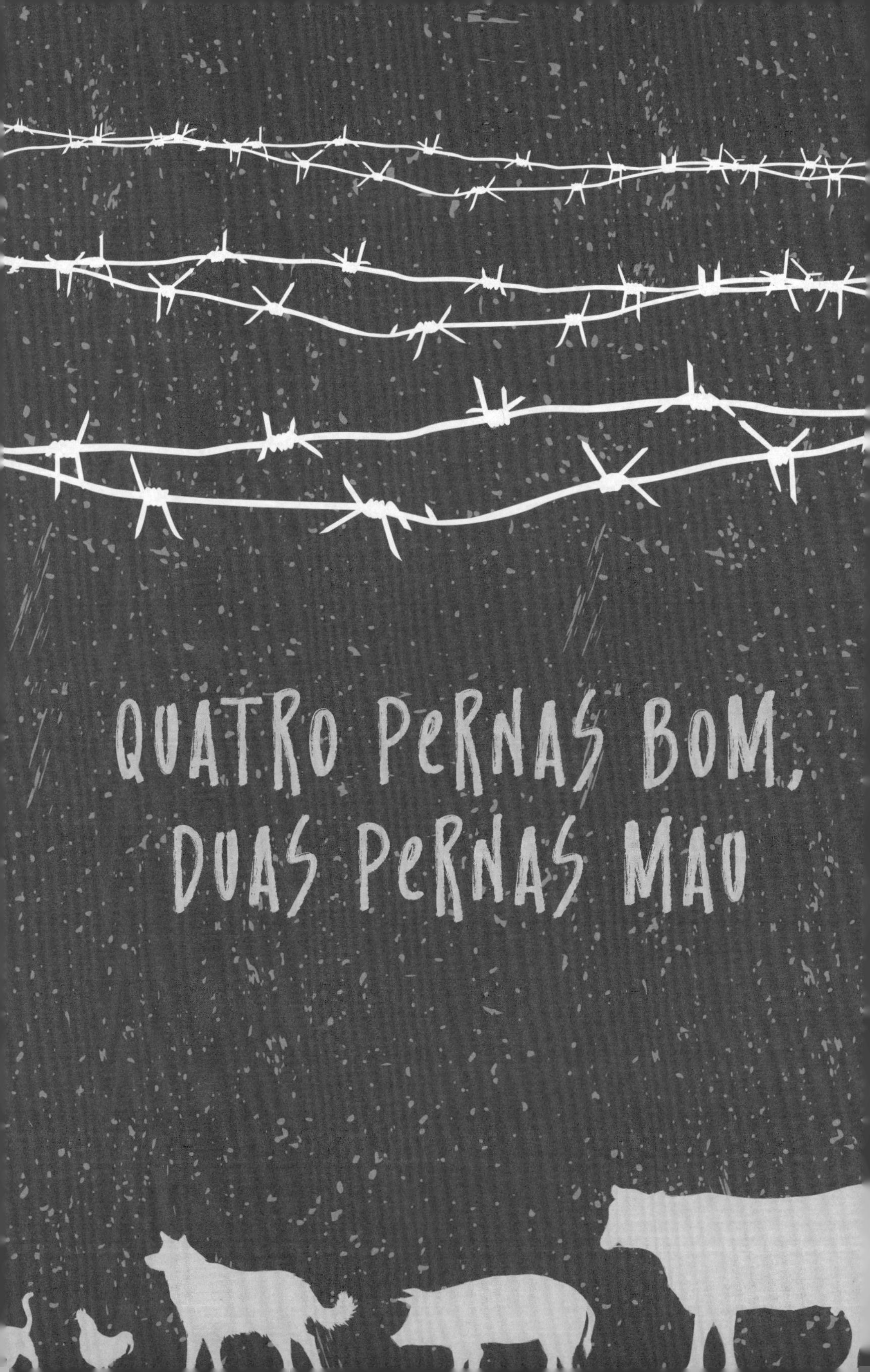
QUATRO PERNAS BOM,
DUAS PERNAS MAU

CAPÍTULO 6

Durante aquele ano inteiro, os animais trabalharam como escravos. Mas estavam felizes; não relutavam em fazer nenhum esforço ou sacrifício, plenamente cientes de que tudo o que faziam era para benefício próprio e daqueles de sua espécie que viriam depois, e não por um bando de humanos ladrões e ociosos.

Durante a primavera e o verão, os animais trabalharam em uma jornada de sessenta horas por semana, e em agosto Napoleão anunciou que precisariam trabalhar também durante as tardes de domingo. Era um trabalho estritamente voluntário, mas qualquer animal que se ausentasse teria as rações reduzidas pela metade. Mesmo assim, não foi possível concluir todas as tarefas. A colheita foi menos bem-sucedida do que no ano anterior e dois campos que deveriam ter sido semeados com raízes na primeira metade do verão não o foram, uma vez que o arado não foi finalizado a tempo. Era possível prever que o inverno seguinte seria penoso.

O moinho apresentou dificuldades inesperadas. Havia uma boa pedreira de calcário na fazenda e encontraram bastante areia e cimento em um dos depósitos, de modo que todos os materiais de construção estavam disponíveis. Mas o problema que os animais não conseguiram resolver de imediato era como quebrar a pedra em pedaços de tamanho adequado. Parecia não haver outro jeito a não ser usando picaretas e pés de cabra, que nenhum animal conseguia usar já que não podiam ficar de pé sobre as patas traseiras. Apenas depois de semanas de esforço em vão, a ideia certa ocorreu a alguém: utilizar a força da gravidade. Alguns pedregulhos grandes demais para serem utilizados na forma atual estavam espalhados no fundo da pedreira. Os animais os amarravam com cordas e, todos juntos, vacas, cavalos, ovelhas e qualquer animal que conseguisse segurar a corda – até mesmo os porcos se juntavam em momentos críticos –, arrastavam os pedregulhos com uma lentidão desesperadora pela encosta até o topo da pedreira, de onde eram empurrados pela beirada a fim de serem despedaçados. Transportar a pedra partida era comparativamente simples. Os cavalos as levavam em carroças, as ovelhas arrastavam blocos soltos, e até Muriel e Benjamin se atavam a uma carriola para cumprir com sua parte. Na segunda metade do verão, um armazenamento suficiente de pedra fora acumulado, e a construção se iniciou sob a supervisão dos porcos.

No entanto, era um processo lento e laborioso. Com frequência, levava um dia inteiro de trabalho exaustivo para arrastar um único pedregulho ao topo da pedreira e, às vezes, ele não se quebrava quando era empurrado pela beirada. Não haveria sucesso sem Valentão, cuja força parecia igual a de todos os outros animais juntos. Quando o pedregulho começava a escorregar e os animais gritavam em pânico ao serem arrastados pela encosta, era Valentão quem puxava a corda e fazia o pedregulho parar. Todos se enchiam de admiração ao vê-lo subindo a encosta, centímetro por centímetro, a respiração acelerada, as pontas dos cascos arranhando o solo e os flancos largos emplastrados de suor. Sortuda o alertava algumas vezes que tivesse cuidado e não se exaurisse demais, mas Valentão nunca a escutava. Seus dois slogans "Vou trabalhar mais" e "Napoleão está sempre certo" pareciam respostas suficientes para todos os problemas. Ele combinara que o galo o acordaria quarenta e cinco minutos mais cedo em vez de meia hora. Nos momentos de folga, que não eram muitos atualmente, ele ia sozinho até a pedreira, coletava um carregamento de pedra quebrada e arrastava sozinho para o sítio de construção do moinho.

Os animais não ficaram infelizes durante aquele verão, apesar da dureza do trabalho. Se não tinham mais comida do que tiveram nos dias de Jones, pelo menos não tinham menos. A vantagem de só precisarem alimentar a si próprios e não cinco seres humanos extravagantes era tão grande que seriam necessárias muitas falhas para superá-la. E, de muitas maneiras, o método animal de executar as tarefas era mais eficiente e poupava esforço. Algumas atividades, como remover ervas daninhas, por exemplo, podiam ser feitas com uma meticulosidade impossível para os humanos. Além disso, como nenhum animal roubava, era desnecessário separar o pasto da terra arável, o que poupava bastante esforço da manutenção de sebes e portões. Mesmo assim, à medida que o verão avançava, começaram a sentir períodos imprevistos de escassez. Parafina, pregos, cordas, petiscos para cachorro e ferro para ferraduras estavam em falta, itens que não podiam ser produzidos na fazenda. Logo também surgiria a necessidade de sementes e adubo artificial, além de várias ferramentas e, no fim de tudo, o maquinário para o moinho. Ninguém era capaz de imaginar como o conseguiriam.

Em uma manhã de domingo, quando os animais se reuniram para receber suas ordens, Napoleão anunciou que decidira uma nova política. Daquele momento em diante, a Fazenda dos Animais se envolveria em trocas com as fazendas vizinhas: obviamente sem propósitos comerciais e apenas para obter certos materiais cuja necessidade era urgente. Ele disse que as imposições do moinho deveriam passar por cima de todas as outras. Portanto, fazia arranjos para vender uma pilha de feno e parte da safra de trigo do ano corrente, e, mais tarde, se mais dinheiro fosse necessário, teria de ser adquirido mediante a venda de ovos, para a qual sempre havia mercado em Willingdon. Napoleão informou que as galinhas deveriam aceitar tal sacrifício como sua contribuição especial para a construção do moinho.

Mais uma vez, os animais se deram conta de que nutriam certa inquietação. Nunca fazer negócios com seres humanos, nunca se envolver em comércio, nunca utilizar dinheiro: não eram estas algumas das primeiras resoluções decididas após a primeira Assembleia vitoriosa, depois da expulsão de Jones? Todos os animais se lembravam de haver admitido tais resoluções. Ou, pelo menos, achavam que lembravam. Os quatro leitões que protestaram quando Napoleão abolira as Assembleias levantaram a voz, receosos, mas logo foram silenciados por um rugido feroz dos cachorros. Então, como de costume, as ovelhas começaram a balir "Quatro pernas bom, duas pernas mau!" e o constrangimento momentâneo foi esquecido. Por fim, Napoleão levantou a pata pedindo silêncio e anunciou que já fizera todos os arranjos. Não haveria necessidade de nenhum animal entrar em contato com os humanos, o que claramente seria bastante indesejável. Ele pretendia deixar o fardo sobre seus próprios ombros. Um tal de sr. Valdecir, um procurador que vivia em Willingdon, aceitara atuar como intermediário entre a Fazenda dos Animais e o mundo externo e visitaria a fazenda toda segunda pela manhã com o intuito de receber instruções. Napoleão encerrou o discurso com seu grito habitual de "Vida longa à Fazenda dos Animais!" e, após cantarem "Bichos da Inglaterra", os animais foram dispensados.

Depois, Guincho fez uma ronda na fazenda e tranquilizou os animais. Garantiu que a resolução contra as atividades comerciais ou a utilização de dinheiro jamais fora decidida ou sequer sugerida. Era pura imaginação, provavelmente investigável até chegar nas mentiras divulgadas por Bola de Neve. Alguns animais ainda se sentiam ligeiramente duvidosos, mas Guincho os questionou com sagacidade: "Têm certeza de que isso não é algo com que sonharam, camaradas? Vocês têm algum registro dessa resolução? Está escrita em algum lugar?". E, como era bem verdade que nada do tipo existia em forma escrita, os animais se convenceram de que estavam enganados.

Conforme combinado, toda segunda-feira o sr. Valdecir visitava a fazenda. Era um homenzinho de suíças com uma aparência perspicaz, procurador de um negócio muito pequeno, mas esperto o bastante para perceber antes de todo mundo que a Fazenda dos Animais precisaria de um intermediário e que as comissões seriam interessantes. Os animais o observavam ir e vir com certo pavor e o evitavam sempre que podiam. De qualquer modo, a visão de Napoleão, de pé em suas quatro patas, dando ordens para Valdecir, de pé com suas duas pernas, atiçava o orgulho dos animais e harmonizava a mente deles com relação ao novo trato. Suas relações com a raça humana já não eram as mesmas de antes. Os humanos não odiavam menos a Fazenda dos Animais agora que ela prosperava; na verdade, odiavam-na ainda mais. Cada humano dava como certo que ela faliria mais cedo ou mais tarde e, acima de tudo, que o moinho seria um desastre. Encontravam-se nos bares e provavam uns aos outros com diagramas que o moinho estava fadado a desmoronar ou, se ficasse de pé, jamais iria funcionar. Mesmo assim, contra a própria vontade, desenvolveram certo respeito pela eficiência com que os animais gerenciavam seus próprios negócios. Um dos sintomas foi que começaram a chamar a Fazenda dos Animais pelo nome correto e pararam de fingir que ela ainda se chamava Fazenda do Solar. Também desistiram de defender Jones, que perdera a esperança de reaver sua fazenda e fora viver em outra região do distrito. À exceção de Valdecir, ainda não havia nenhum contato entre a Fazenda dos Animais e o mundo externo, mas havia rumores constantes de que Napoleão estava prestes a fechar um acordo comercial definitivo com o sr. Pitágoras, da Fazenda do Raposão, ou com o sr. Frederico, do Beliscampo – mas nunca com ambos ao mesmo tempo.

Foi por volta daquela época que os porcos de repente se mudaram para a casa da fazenda e a tomaram como residência definitiva. Novamente, os animais pareciam lembrar que havia uma resolução contra aquilo e, mais uma vez, Guincho conseguiu convencê-los de que aquilo nunca acontecera. Falou que era absolutamente necessário que os porcos, os cérebros da fazenda, tivessem um lugar silencioso para trabalhar. Também era mais adequado para a dignidade do Líder (ultimamente ele começara a se referir a Napoleão como "Líder") viver em uma casa, e não em um mero chiqueiro. Mesmo assim, alguns animais ficaram perturbados quando souberam que os porcos não apenas faziam suas refeições na cozinha e usavam a sala de estar como área de relaxamento, mas também dormiam nas camas. Valentão relevava o assunto com "Napoleão está sempre certo!", como de costume, mas Sortuda, que achava que se lembrava de uma regra bem definida contra o uso de camas, foi até os fundos do celeiro e tentou desvendar os Sete Mandamentos que lá estavam escritos.

Descobrindo que não conseguia ler nada além de algumas letras, foi buscar Muriel.

– Muriel – disse ela –, leia para mim o Quarto Mandamento. Ele diz algo sobre não dormir em uma cama?

Com certa dificuldade, Muriel o soletrou e anunciou após um tempo:

– Ele diz: "Nenhum animal deve dormir em uma cama com lençóis".

Estranhamente, Sortuda não recordava que o Quarto Mandamento mencionava lençóis; mas, já que estava lá na parede, devia mencionar. E Guincho, que por acaso estava passando por perto, vigiado por dois ou três cães, conseguiu colocar todo aquele assunto em perspectiva.

– Vocês ouviram então, camaradas – disse ele –, que nós, porcos, estamos dormindo nas camas da casa? E por que não? É óbvio que vocês não achavam que havia uma regra contra o uso de camas, certo? Uma cama é apenas um lugar para dormir. Uma pilha de palha em um estábulo é uma cama, dada as devidas diferenças. A regra é contra lençóis, que são uma invenção humana. Nós removemos os lençóis das camas e dormimos com cobertores. E são camas bastante confortáveis também! Mas não mais confortáveis do que precisamos, eu garanto, camaradas, com todo o trabalho intelectual que precisamos fazer ultimamente. Vocês não nos privariam do nosso descanso, não é, camaradas? Vocês não nos querem cansados demais para executar nosso dever, não é? É claro que nenhum de vocês quer ver o Jones voltando, certo?

Os animais imediatamente garantiram que não, e nada mais foi dito sobre os porcos estarem dormindo em camas. Dias depois, quando do anúncio que os porcos teriam uma hora a mais de descanso pela manhã do que os demais, ninguém reclamou.

Quando o outono chegou, os animais estavam cansados, mas felizes. Tinham passado por um ano difícil e, após a venda de parte do feno e do milho, os estoques de comida para o inverno não eram muito abundantes, mas o moinho compensava qualquer coisa. Metade dele já estava praticamente construída. Após a colheita, houve um período cujo clima era seco e sem nuvens, e os animais labutaram mais do que nunca, pensando que valia a pena se arrastar de um lado para o outro o dia todo com blocos de pedra se conseguissem erguer mais trinta centímetros das paredes do moinho. Valentão saía até mesmo durante a noite e trabalhava sozinho por uma ou duas horas sob a luz da lua cheia. Nos momentos livres, os animais rodeavam o moinho parcialmente finalizado, admirando a força e a perpendicularidade das paredes, maravilhando-se que um dia foram capazes de erguer algo tão grandioso. Apenas o velho Benjamin se recusava a ficar empolgado com o moinho, ainda que, como de costume, não falasse nada além da frase críptica que burros viviam muito.

Novembro chegou com ventos furiosos do sudoeste. O trabalho de construção precisou parar porque o tempo se tornou úmido demais para misturar o cimento. Em determinada noite, o vendaval foi tão intenso que os alicerces das construções da fazenda balançaram e várias telhas foram arrancadas do telhado do celeiro. As galinhas acordaram cacarejando em pânico porque todas sonharam ao mesmo tempo que haviam escutado um disparo de arma ao longe. Pela manhã, os animais saíram de suas baias, encontrando o mastro da bandeira no chão e um olmo na borda do pomar arrancado do solo, tal qual um rabanete. Tinham acabado de notar aquilo quando um grito desesperado soou de todas as bocas. Depararam-se com algo terrível. O moinho estava em ruínas.

Todos correram juntos até lá. Napoleão, que raramente conseguia correr, acelerou na frente de todos. Sim, lá estava o fruto de seus esforços completamente destruído; as pedras, que eles trabalharam duro para carregar, espalhadas por todo canto. Incapazes de se expressar de imediato, permaneceram encarando os entulhos com pesar. Napoleão andava de um lado para o outro em silêncio, ocasionalmente farejando o chão. Seu rabo se enrijeceu e se contorcia intensamente, o que era sinal de intenso raciocínio. De repente, parou como se tivesse tomado uma decisão.

– Camaradas – disse ele, com tranquilidade –, sabem quem é o responsável por isto? Sabem quem é o inimigo que veio durante a noite e derrubou nosso moinho? BOLA DE NEVE! – rugiu, de repente, com uma voz de trovão. – Bola de Neve fez isso! Por pura maldade, pensando em atrasar nossos planos e se vingar por sua expulsão vergonhosa, aquele traidor se esgueirou durante a calada da noite e destruiu nosso trabalho de quase um ano. Camaradas, aqui e agora eu declaro sentença de morte a Bola de Neve. A medalha "Herói animal, segunda classe" e meio alqueire de maçãs serão concedidos a qualquer animal que faça justiça. Um alqueire inteiro para quem capturá-lo com vida!

Os animais ficaram extremamente chocados ao saber que até mesmo Bola de Neve podia ser culpado de tal ato. Houve um grito de indignação e todos começaram a pensar em meios de capturar Bola de Neve, caso ele retornasse. Quase imediatamente, as pegadas de um porco foram descobertas na relva próxima à colina. Era possível rastreá-las por apenas alguns metros, mas pareciam levar a um buraco na sebe. Napoleão as farejou com intensidade e declarou que pertenciam a Bola de Neve. Sugeriu que Bola de Neve tinha provavelmente chegado da direção da Fazenda do Raposão.

– Sem mais demora, camaradas! – gritou Napoleão depois de as pegadas serem examinadas. – Há trabalho a ser feito. Nesta manhã mesmo começaremos a reconstruir o moinho e trabalharemos durante o inverno, faça chuva ou faça sol. Vamos ensinar para aquele traidor miserável que ele não pode desfazer nosso trabalho tão facilmente. Lembrem-se, camaradas, não haverá alteração em nossos planos: serão executados até o fim. Avante, camaradas! Vida longa ao moinho! Vida longa à Fazenda dos Animais!

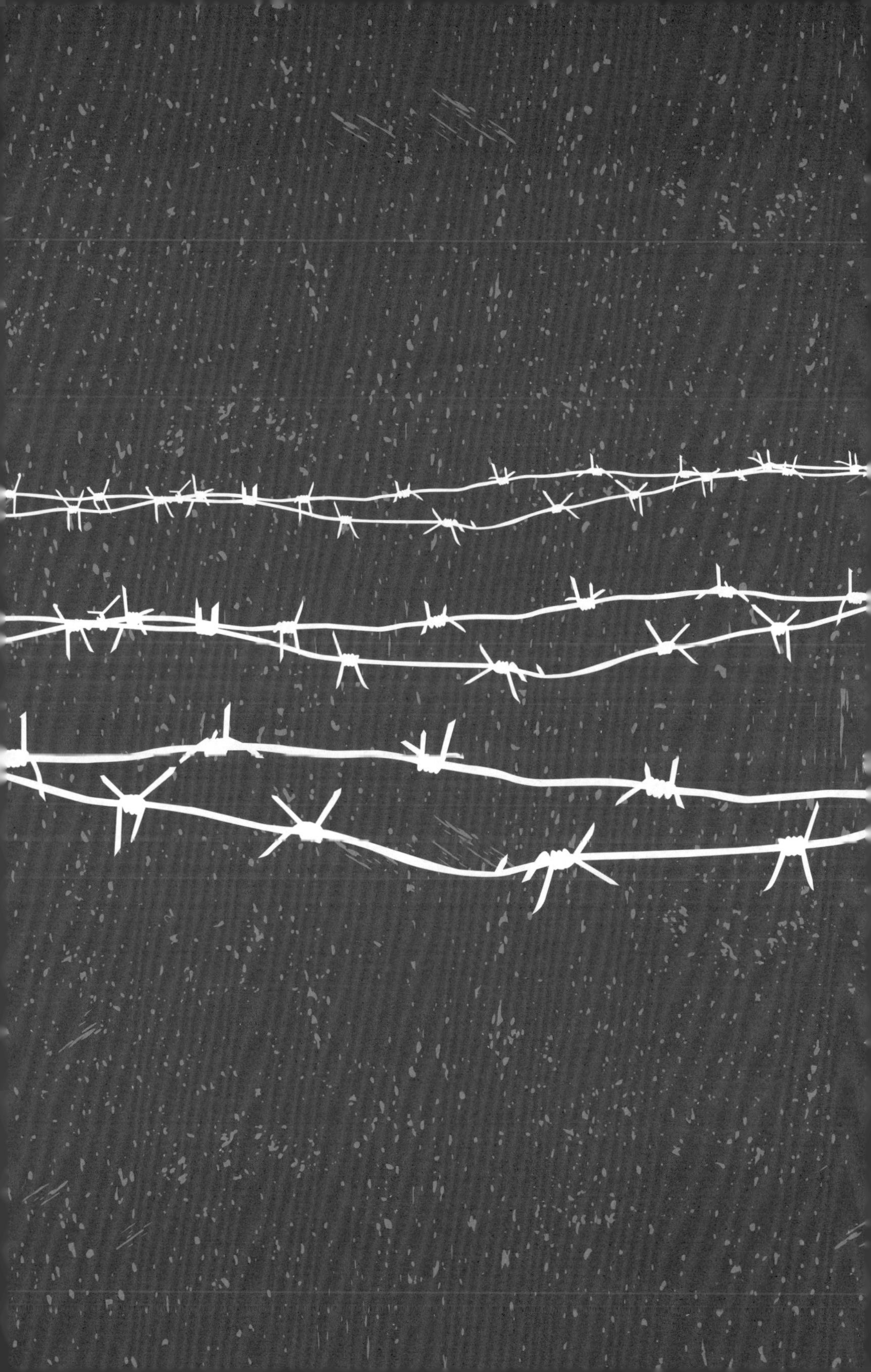

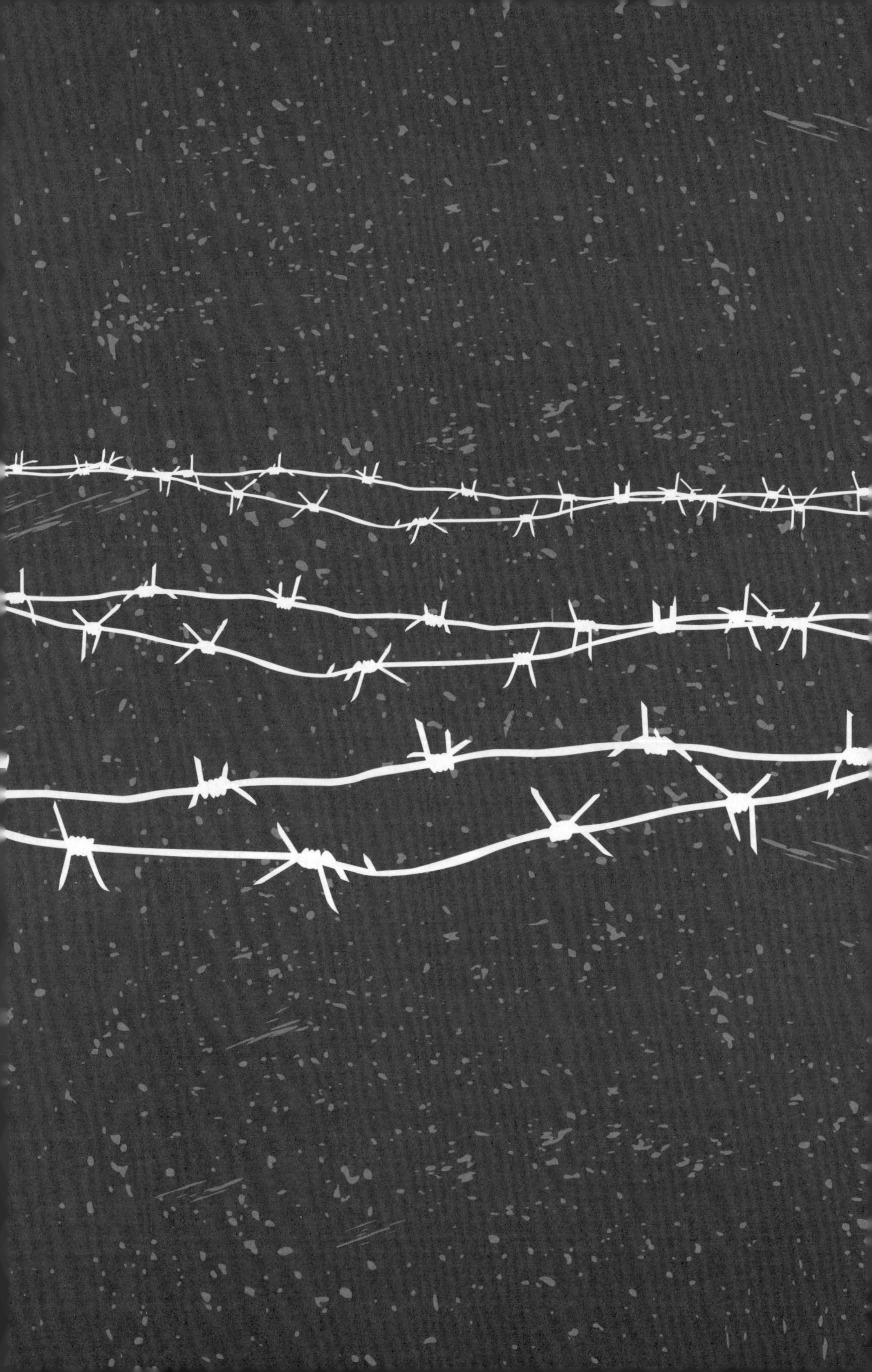

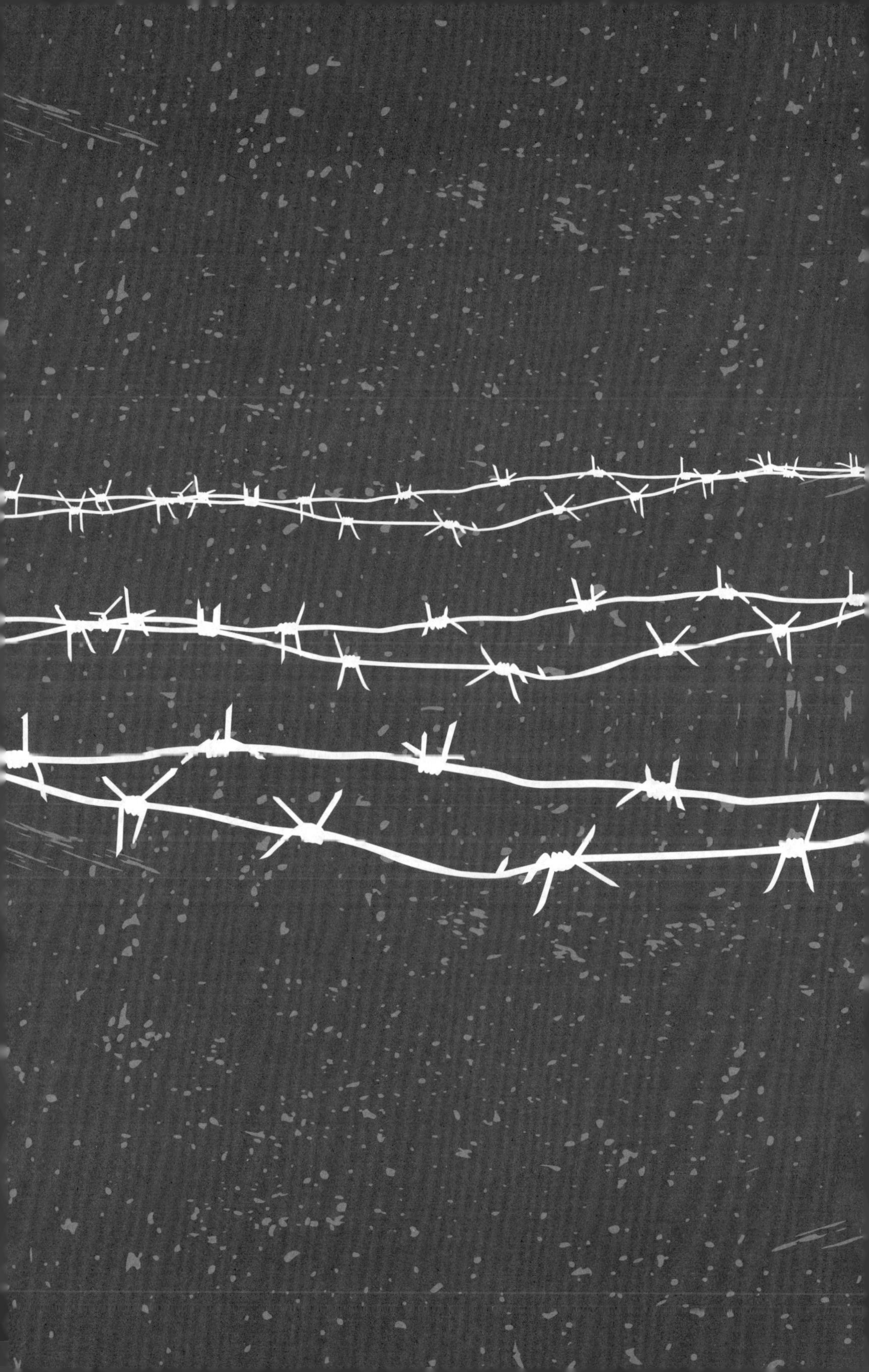

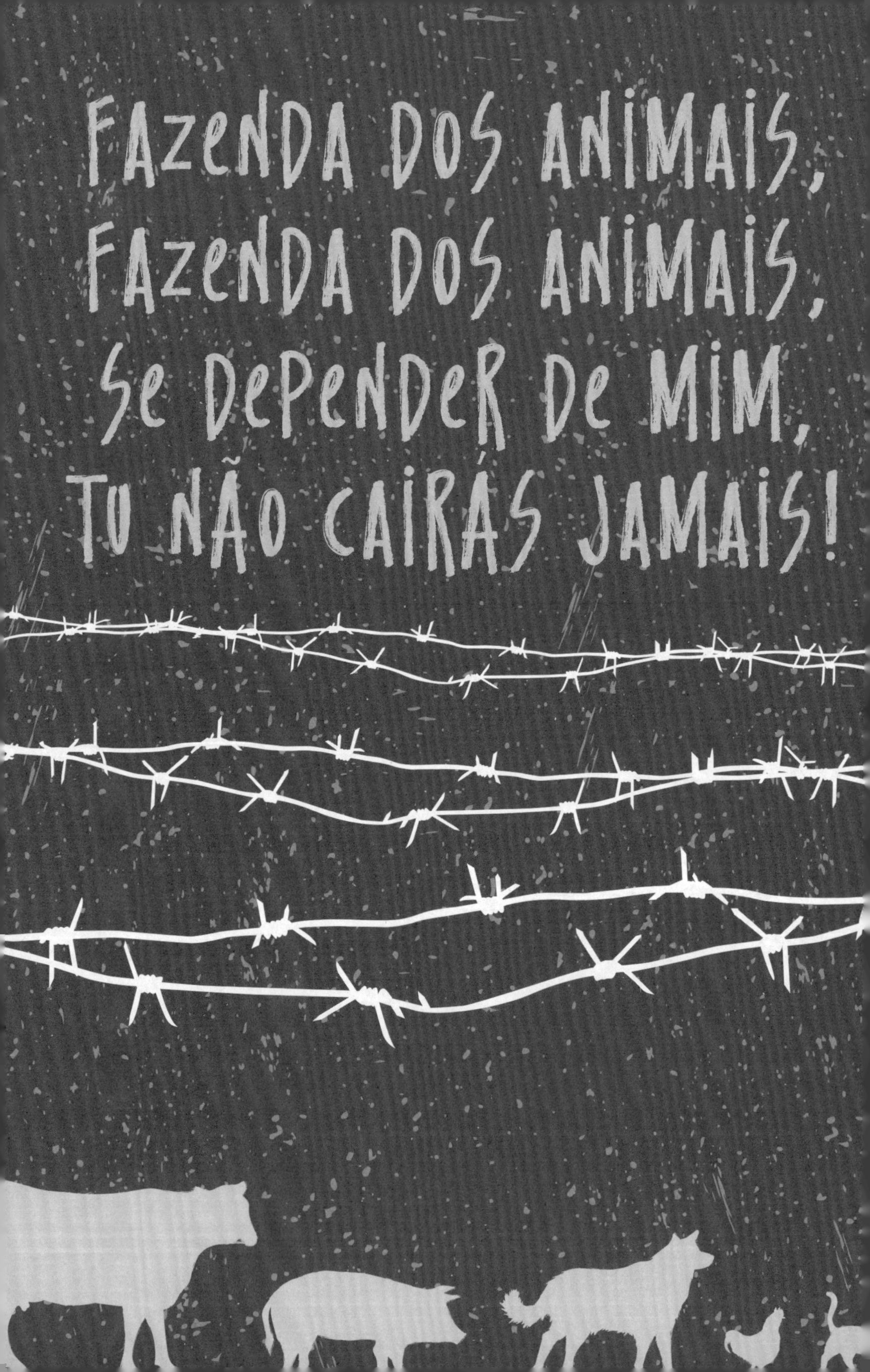
FAZENDA DOS ANIMAIS,
FAZENDA DOS ANIMAIS,
SE DEPENDER DE MIM,
TU NÃO CAIRÁS JAMAIS!

CAPÍTULO 7

Foi um inverno cruel. O clima turbulento foi seguido por chuva de granizo, neve e, depois, uma forte geada que não cessou até meados de fevereiro. Os animais prosseguiram da melhor maneira que podiam com a reconstrução do moinho, sabendo bem que o mundo lá fora os observava e que os seres humanos invejosos se regozijariam e triunfariam se o moinho não fosse terminado a tempo.

Por inveja, os seres humanos fingiam não acreditar que Bola de Neve destruíra o moinho: falavam que ele tombara porque as paredes eram finas demais. Os animais sabiam que não era verdade. Ainda assim, fora decidido construir as paredes com um metro de grossura em vez dos quarenta e cinco centímetros de antes, o que significava coletar maior quantidade de pedras. Por muito tempo, a pedreira ficou cheia de neve e nada podia ser feito. Houve certo progresso no tempo seco e gélido que se seguiu, porém era um trabalho cruel, e os animais não se sentiam tão esperançosos a respeito dele como antes. Estavam sempre com frio e, em geral, com fome também.

Apenas Valentão e Sortuda nunca desanimavam. Guincho fez excelentes discursos sobre a alegria de servir e a dignidade de trabalhar, no entanto os outros animais encontravam mais inspiração na força de Valentão e no seu grito infalível: "Vou trabalhar mais!".

Em janeiro, a comida se tornou escassa. A ração de milho foi drasticamente reduzida, e foi anunciado que, para compensá-lo, seria implementada uma ração extra de batata. Contudo, descobriu-se que a maior parte da colheita de batata fora congelada nos silos, que não foram cobertos o suficiente. As batatas se tornaram molengas e descoloridas, e apenas algumas delas eram comestíveis. Por dias seguidos, os animais não tinham nada para comer, à exceção de palha de milho e beterraba-forrageira. A fome parecia à espreita.

Era vital esconder tal fato do mundo externo. Encorajados pelo colapso do moinho, os seres humanos elaboravam notícias falsas acerca da Fazenda dos Animais. Mais uma vez, espalhou-se que os animais estavam morrendo de fome e de doença, e que estavam sempre lutando entre si, recorrendo ao canibalismo e ao infanticídio. Napoleão estava ciente das consequências se os fatos sobre a situação alimentícia viessem à tona e decidiu usar o sr. Valdecir para divulgar o inverso. Até o momento, os animais haviam tido pouco ou nenhum contato com Valdecir em suas visitas semanais. No entanto, a partir de então, alguns animais selecionados, em particular ovelhas, foram instruídos a comentar casualmente perto de Valdecir que as rações haviam aumentado. No mais, Napoleão ordenou que enchessem com areia, até a borda, os silos parcialmente vazios no galpão para depois cobri-los com o restante dos cereais e da farinha. Com um pretexto adequado, Valdecir foi levado para o galpão e o deixaram olhar os silos. Foi enganado com sucesso e continuava a relatar para o mundo externo que não havia escassez de comida na Fazenda dos Animais.

Mesmo assim, perto do fim de janeiro ficou óbvio que seria necessário obter mais cereais de algum lugar. Naqueles dias, Napoleão raras vezes aparecia em público, mas passava todo o tempo na casa da fazenda, vigiada em cada porta por cachorros ferozes. Quando aparecia, era de um modo cerimonial, com uma escolta de seis cães que o cercava de perto e rosnava se alguém se aproximasse muito. Com frequência, ele sequer se fazia presente nas reuniões de domingo, todavia emitia as ordens por meio de um dos outros porcos, normalmente Guincho.

Certa manhã de domingo, Guincho anunciou que as galinhas, que tinham acabado de pôr ovos, deveriam entregá-los. Napoleão aceitara, através de Valdecir, um contrato de quatrocentos ovos por semana. O preço da venda pagaria por grão e farinha suficiente para manter a fazenda funcionando até que o verão chegasse e as condições melhorassem.

Quando as galinhas tomaram ciência disso, iniciaram um forte cacarejo. Haviam sido avisadas com antecedência que tal sacrifício poderia ser necessário, mas não acreditaram que fosse de fato acontecer. Já estavam preparando seus ninhos para a chocagem da primavera e protestaram, argumentando que tomar os ovos naquela hora configuraria assassinato. Pela primeira vez desde a expulsão de Jones, aconteceu algo que se assemelhava a uma rebelião. Lideradas por três frangas de raça, as galinhas fizeram um esforço convicto buscando frustrar os desejos de Napoleão. O método era voar até as vigas e lá depositar os ovos, que caíam e se espatifavam no chão. Napoleão agiu de modo célere e implacável. Ordenou que cortassem as rações das galinhas e decretou que qualquer animal que fornecesse até mesmo um grão de milho a uma galinha seria punido com a morte. Os cachorros garantiram que as ordens seriam executadas. Por cinco dias, as galinhas resistiram, mas depois se renderam e voltaram para seus ninhos. Nove galinhas morreram nesse ínterim. Seus corpos foram enterrados no pomar e foi registrado que haviam falecido de eimeriose. Valdecir não ficou sabendo do incidente, e os ovos passaram a ser adequadamente entregues mediante a visita de um comerciante até a fazenda, que ia buscá-los uma vez por semana com sua carroça.

Enquanto isso, ninguém mais viu Bola de Neve. Havia boatos de que ele estaria se escondendo em uma das fazendas vizinhas, ou a Fazenda do Raposão ou o Beliscampo. Napoleão, a essa altura, estava em termos ligeiramente melhores do que antes com os demais fazendeiros. Havia uma pilha de madeira no pátio – separada dez anos antes, quando um bosque de faias fora derrubado. Estava bem ressecada, e Valdecir recomendou que Napoleão a vendesse; tanto o sr. Pitágoras quanto o sr. Frederico estavam doidos para comprá-la. Napoleão hesitava acerca de qual dos dois escolher, era incapaz de se decidir. Notou-se que sempre que parecia prestes a fechar um acordo com Frederico, declaravam que Bola de Neve estava escondido na Fazenda do Raposão, e, quando estava pronto para negociar com Pitágoras, relatavam que Bola de Neve estava no Beliscampo.

De repente, no início da primavera, fez-se uma descoberta alarmante. Bola de Neve estava frequentando a fazenda secretamente à noite! Os animais ficaram tão perturbados que mal conseguiam dormir em suas baias. Diziam que toda noite Bola de Neve se esgueirava na escuridão e causava vários tipos de dano. Roubava milho, violava baldes de leite, quebrava ovos, pisoteava sementeiras e mordiscava a casca das árvores frutíferas. Sempre que algo dava errado, virou um padrão atribuir o fato a Bola de Neve. Se uma janela quebrasse ou um ralo entupisse, alguém certamente diria que foi obra de Bola de Neve à noite. Quando a chave do galpão se perdeu, toda a fazenda se convenceu de que Bola de Neve a jogara no poço. Estranhamente, continuaram acreditando naquilo mesmo após a chave ter sido encontrada sob uma saca de farinha. As vacas declararam em unanimidade que Bola de Neve invadia suas baias e as ordenhava enquanto dormiam. Também havia rumores de que os ratos, que haviam sido problemáticos durante o inverno, estavam de conluio com Bola de Neve.

Napoleão decretou que devia ser instaurada uma investigação completa sobre as atividades de Bola de Neve. Acompanhado de seus cães, iniciou uma inspeção minuciosa pelas construções da fazenda – e os outros animais o seguiram a uma distância respeitosa. A cada poucos passos, Napoleão parava e farejava o solo à procura de vestígios das pegadas de Bola de Neve, os quais, como disse, conseguia detectar pelo cheiro. Fungou cada canto no celeiro, no estábulo das vacas, nos galinheiros, na horta e encontrou traços de Bola de Neve em todo lugar. Colocava o focinho no solo, dava várias fungadas profundas e exclamava com uma voz potente: "Bola de Neve! Ele esteve aqui! Consigo cheirá-lo perfeitamente!". Ante a menção do nome "Bola de Neve", os cachorros mostravam os dentes e emitiam rosnados de gelar o sangue.

Os animais estavam completamente assustados. Era como se Bola de Neve fosse uma espécie de influência invisível, impregnada no ar ao redor e os ameaçando com todos os tipos de perigo. À noite, Guincho os reuniu e, com expressão alarmada, avisou que tinha notícias sérias para comunicar.

– Camaradas! – gritou Guincho, dando pulinhos nervosos. – Houve uma descoberta terrível. Bola de Neve se vendeu para Frederico, do Beliscampo, que está agora mesmo planejando nos atacar e tomar nossa fazenda! Bola de Neve agirá como o seu guia quando o ataque começar. Mas há algo ainda pior. Achávamos que a rebelião de Bola de Neve tinha sido causada simplesmente por sua vaidade e ambição. Mas estávamos errados, camaradas. Vocês sabem o motivo real? Bola de Neve estava de conluio com Jones desde o início! Ele era um agente secreto de Jones o tempo todo. Foi tudo provado com documentos que deixou para trás e que só agora descobrimos. Para mim, isso explica muita coisa, camaradas. Não vimos como ele tentou – felizmente, sem sucesso – nos derrotar e destruir na Batalha do Estábulo das Vacas?

Os animais ficaram embasbacados. Aquela era uma crueldade bem pior do que a destruição do moinho, perpetrada por Bola de Neve. Entretanto, passaram-se minutos antes de conseguirem absorver a notícia. Todos lembravam, ou achavam que lembravam, de haver visto Bola de Neve avançando na frente deles na Batalha do Estábulo das Vacas, de tê-lo reagrupado e encorajado a todo instante e de como não parara, nem por um segundo, quando os projéteis da arma de Jones feriram seu dorso. Primeiro, era um pouco difícil enxergar como aquilo tudo se encaixava com o fato de que ele estava ao lado de Jones. Até mesmo Valentão, que raramente fazia perguntas, estava perplexo. Deitou-se, enfiou os cascos dianteiros debaixo do corpo, fechou os olhos e com grande esforço foi capaz de formular suas ideias.

– Eu não acredito nisso – disse ele. – Bola de Neve lutou com bravura na Batalha do Estábulo das Vacas. Eu mesmo vi. Não demos a ele uma medalha "Herói animal, primeira classe" logo depois?

– Foi nosso erro, camarada. Pois agora sabemos que, na verdade, ele estava tentando nos atrair para a morte. Está tudo escrito nos documentos secretos que encontramos.

– Mas ele estava ferido – contra-argumentou Valentão. – Nós todos o vimos correndo enquanto sangrava.

– Era parte do plano! – gritou Guincho. – O tiro de Jones foi só de raspão. Eu poderia lhe mostrar isso na própria letra dele, se você pudesse ler. O plano era que Bola de Neve, naquele momento crítico, desse sinal para a fuga e deixasse o campo para o inimigo. E ele ficou muito perto de conseguir. Posso até dizer, camaradas, que TERIA tido sucesso se não fosse pelo nosso heroico Líder, o Camarada Napoleão. Não se recordam de como Bola de Neve se virou e fugiu repentinamente bem na hora que Jones e seus homens adentraram o pátio, e muitos animais o seguiram? E também não lembram que foi bem nessa hora que o pânico se espalhava e tudo parecia perdido que o Camarada Napoleão avançou com um grito de "Morte à Humanidade!" e fincou seus dentes na perna de Jones? É claro que se lembram DISSO, não é, camaradas? – ele exclamou, saltitando de um lado para o outro.

Depois de Guincho descrever a cena com tantos detalhes, os animais pareceram recordá-la. De qualquer forma, lembravam-se de que, no momento mais crítico da batalha, Bola de Neve se virara para fugir. Mas Valentão ainda estava um pouco irrequieto.

– Não acredito que Bola de Neve tenha sido um traidor desde o início – disse ele, finalmente. – O que ele fez desde então é outra história. Mas acredito que na Batalha do Estábulo das Vacas ele era um bom camarada.

– Nosso Líder, o Camarada Napoleão – anunciou Guincho, falando com bastante firmeza e devagar –, confirmou categoricamente... Categoricamente, camarada... que Bola de Neve era um agente de Jones desde o início. Sim, bem antes sequer de cogitarem a Rebelião.

– Ah, então é diferente! – disse Valentão. – Se o Camarada Napoleão diz, então deve ser verdade.

– Este é o verdadeiro espírito, camarada! – exclamou Guincho, mas fez uma careta para Valentão, encarando-o com seus olhinhos brilhantes. Virou-se para ir embora, mas deteve-se e acrescentou de maneira impactante: – Estou avisando cada animal desta fazenda que mantenha os olhos bem abertos. Temos motivos para pensar que alguns dos agentes secretos de Bola de Neve estão se escondendo entre nós agora mesmo!

Quatro dias depois, no fim da tarde, Napoleão ordenou que todos os animais se reunissem no pátio. Quando estavam todos juntos, Napoleão saiu da casa da fazenda usando suas duas medalhas (porque ele premiara a si próprio com as medalhas "Herói animal, primeira classe" e "Herói animal, segunda classe") com seus nove cães imensos saltitando ao seu redor e dando rosnados que fez os animais estremecerem. Todos ficaram encolhidos em seus lugares, em silêncio, parecendo saber de antemão que algo terrível estava prestes a acontecer.

Napoleão encarou sua audiência com seriedade; depois, emitiu um guincho agudo. Imediatamente, os cães avançaram, apanharam quatro dos porcos pelas orelhas e os arrastaram até as patas de Napoleão, chiando de dor e horror. As orelhas dos porcos sangravam e os cães haviam provado sangue. Por instantes, pareciam ter enlouquecido. Para a perplexidade de todos, três deles se lançaram sobre Valentão. Valentão os viu se aproximando, levantou seu grande casco, acertou um cachorro no ar e o pressionou contra o chão. O cachorro ganiu por clemência e os outros dois fugiram com o rabo entre as pernas. Valentão olhou para Napoleão buscando decidir se esmagaria o cachorro até a morte ou o libertaria. Napoleão pareceu mudar sua expressão facial e ordenou bruscamente que Valentão soltasse o cachorro. Valentão levantou o casco e o cão se retirou, ferido e uivando.

Naquele momento, a confusão cessou. Os quatro porcos aguardaram, tremendo, com a culpa estampada em cada traço de suas expressões. Napoleão pediu que confessassem seus crimes. Eram os mesmos quatro porcos que protestaram quando Napoleão abolira as Assembleias de domingo. Sem mais delongas, eles confessaram que estavam secretamente em conluio com Bola de Neve desde sua expulsão, que colaboraram com ele a fim de destruir o moinho e que haviam feito um acordo para entregar a Fazenda dos Animais ao sr. Frederico. Acrescentaram que Bola de Neve admitira em privado que era o agente secreto de Jones havia anos. Quando terminaram a confissão, os cachorros imediatamente dilaceraram suas gargantas, e com uma voz horrenda Napoleão perguntou se algum outro animal tinha algo a confessar.

As três frangas líderes na tentativa de rebelião por causa dos ovos deram passos adiante e declararam que Bola de Neve aparecera para elas em um sonho, incitando-as a desobedecer às ordens de Napoleão. Elas também foram abatidas. Então, um ganso se aproximou e confessou ter escondido seis espigas de milho durante a colheita do ano anterior para comer durante a noite. Depois, uma ovelha admitiu ter urinado no bebedouro – incitada a fazê-lo, como ela disse, por Bola de Neve – e duas outras ovelhas confessaram ter assassinado um velho carneiro bastante devoto a Napoleão, o qual caçaram em torno de uma fogueira enquanto ele era acometido por uma crise de tosse. Todos foram executados na hora. Assim, a narrativa de confissões e execuções prosseguiu até o acúmulo de uma pilha de corpos diante das patas de Napoleão. O ar pesado com o odor de sangue, que fora esquecido na fazenda após a expulsão de Jones, estava de volta.

Uma vez que tudo havia acabado, os animais restantes, à exceção dos porcos e dos cachorros, esgueiraram-se em bando para fora do celeiro. Estavam abalados e aterrorizados. Não sabiam o que era mais chocante: a traição dos animais que fizeram tratos com Bola de Neve ou o castigo cruel que tinham acabado de presenciar. Nos dias antigos, cenas de derramamento de sangue igualmente terríveis eram frequentes, mas parecia muito pior agora que estava acontecendo entre os próprios animais. Desde quando Jones deixara a fazenda até aquele dia, nenhum animal havia matado outro animal. Nem mesmo um rato havia sido assassinado. Caminharam até a colina onde ficava o moinho parcialmente finalizado e se amontoaram juntos procurando deitar e se aquecer – Sortuda, Muriel, Benjamin, as vacas, as ovelhas e um bando de gansos e galinhas. Todo mundo, com exceção da gata, que desaparecera de repente tão logo Napoleão convocou a assembleia dos animais. Por certo tempo, ninguém se pronunciou. Apenas Valentão permaneceu de pé. Andava inquieto de um lado para o outro, chibatando seu longo rabo preto contra os flancos e ocasionalmente proferindo um relincho baixinho de surpresa. Finalmente, ele disse:

– Não entendo. Jamais imaginaria que tais coisas podiam acontecer em nossa fazenda. Deve ser culpa nossa. A solução, pelo que entendo, é trabalhar mais. De agora em diante, vou levantar uma hora mais cedo toda manhã.

Depois, se moveu com suas trotadas pesadas até a pedreira. Chegando lá, coletou dois carregamentos de pedra seguidos e os arrastou até o moinho antes de voltar para dormir.

Em silêncio, os animais se aglomeraram ao redor de Sortuda. A colina onde estavam fornecia um vasto panorama das terras do interior. A maior parte da Fazenda dos Animais estava à vista – o longo pasto se estendendo até a estrada principal, o campo de feno, o pequeno bosque, o bebedouro, os campos arados onde o trigo crescia espesso e verde e os telhados vermelhos das construções da fazenda com a fumaça tremulando nas chaminés. Era o início de uma noite límpida de primavera. A relva e as sebes floridas estavam pintadas de dourado pelos raios alongados do sol poente. Nunca antes a fazenda – e com certa surpresa se lembraram de que cada centímetro dela pertencia a eles – parecera um lugar tão agradável. Quando Sortuda olhou pela encosta, seus olhos se encheram de lágrimas. Se pudesse externar seus pensamentos seria para dizer que não era aquilo que almejaram quando se prepararam para derrubar a raça humana anos antes.

Aquelas cenas de horror e massacre não eram pelo que os animais ansiavam naquela noite em que o velho Major os exortou a se rebelar. Se Sortuda um dia vislumbrou o futuro, foi de uma sociedade de animais livres da fome e do chicote, todos iguais, cada qual trabalhando de acordo com sua capacidade, os fortes protegendo os fracos como ela protegera os patinhos órfãos com suas patas na noite do discurso de Major.

Em vez disso – ela não sabia por quê –, chegaram a um momento no qual ninguém se atrevia a falar o que pensava, cães bravos perambulavam rosnando por todo canto e era preciso ver camaradas dilacerados após confessar crimes chocantes.

Sortuda não nutria ideias rebeldes ou desobedientes. Sabia que, mesmo do jeito que as coisas estavam, ainda eram muito melhores do que haviam sido nos dias de Jones, e que, antes de qualquer coisa, era necessário evitar o retorno dos humanos. O que quer que acontecesse, ela permaneceria fiel, trabalharia duro, executaria as ordens que lhe fossem passadas e aceitaria a liderança de Napoleão. Mas, ainda assim, não fora por aquilo que ela e todos os outros animais aguardaram e labutaram. Não fora por aquilo que construíram o moinho e enfrentaram os projéteis da arma de Jones. Tais eram seus pensamentos, ainda que não tivesse palavras para expressá-los.

Por fim, ela começou a entoar "Bichos da Inglaterra", sentindo que aquela música era, de algum modo, uma boa substituta para as palavras que não conseguira encontrar. Os outros animais sentados ao redor de Sortuda se juntaram e cantaram três vezes seguidas – de forma bastante melodiosa, mas devagar e pesarosa, de um jeito que nunca haviam feito antes.

Quando acabaram de cantar pela terceira vez, Guincho, acompanhado de dois cachorros, aproximou-se com ar de que tinha algo importante a declarar. Anunciou que, por decreto especial do Camarada Napoleão, "Bichos da Inglaterra" fora abolida. Daquele momento em diante, era proibido cantá-la.

Os animais ficaram chocados.

– Por quê? – lamentou Muriel.

– Não é mais necessária, camarada – retrucou Guincho, rígido. – "Bichos da Inglaterra" era uma canção da Rebelião. Mas a Rebelião agora está concluída. A execução dos traidores nesta tarde foi o último ato. Tanto os inimigos externos como os internos foram derrotados. Com "Bichos da Inglaterra", expressávamos nosso desejo por uma sociedade melhor em dias vindouros. Mas esta sociedade agora está estabelecida. Claramente, tal canção não tem mais propósito algum.

Do jeito que estavam assustados, determinados animais podiam até ter protestado, mas naquele momento as ovelhas iniciaram seu balido usual de "Quatro pernas bom, duas pernas mau", que durou vários minutos e encerrou a discussão.

Então, não se ouviu mais "Bichos da Inglaterra". Em seu lugar, Pequetito, o poeta, compôs outra música, que começava assim:

Fazenda dos Animais, Fazenda dos Animais
Se depender de mim, tu não cairás jamais!

E ela era cantada todo domingo de manhã após o hasteamento da bandeira. Mas, para os animais, nem a letra nem a melodia pareciam se equiparar a "Bichos da Inglaterra".

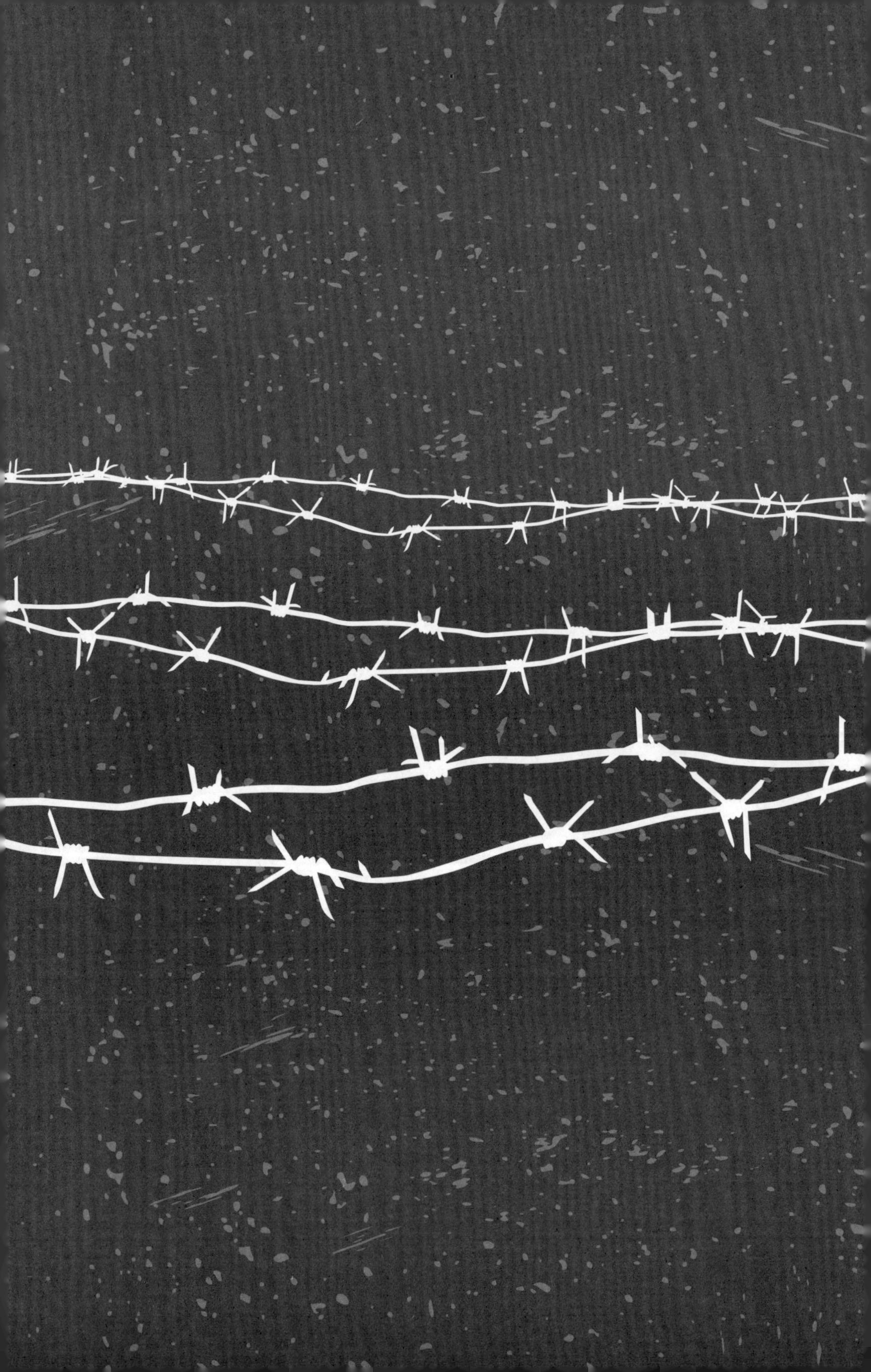

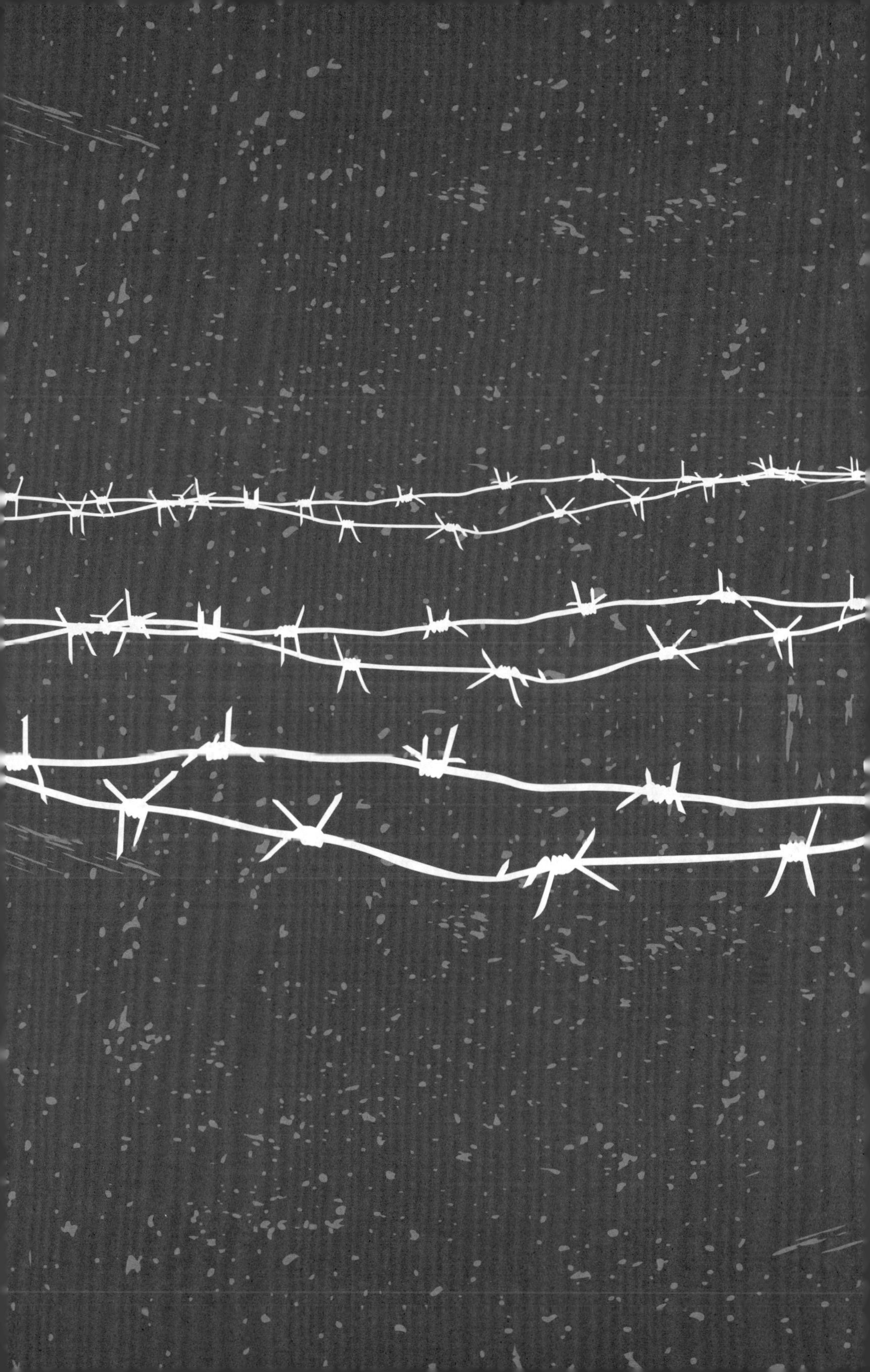

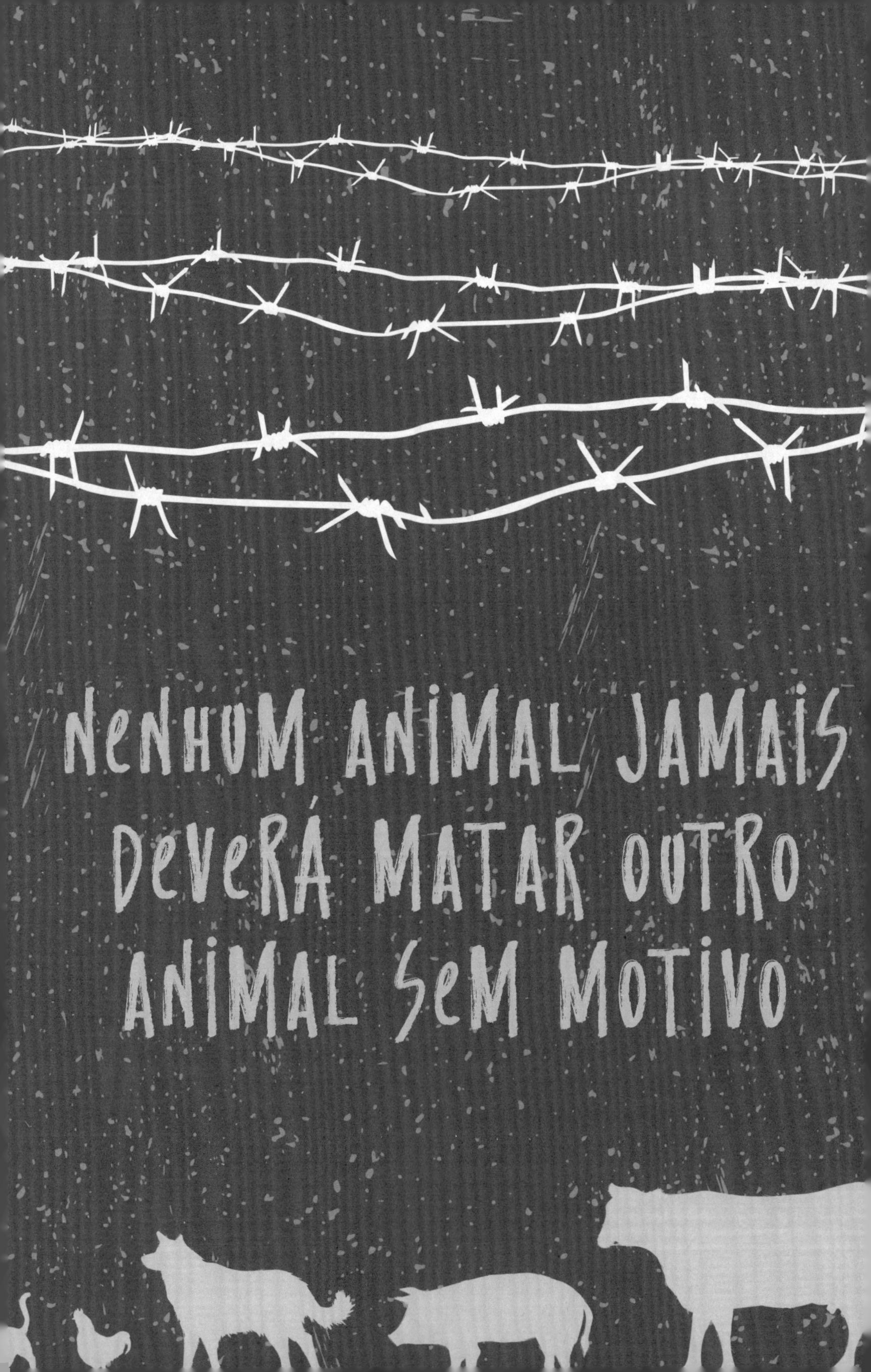
NENHUM ANIMAL JAMAIS
DEVERÁ MATAR OUTRO
ANIMAL SEM MOTIVO

CAPÍTULO 8

Poucos dias depois, quando o horror causado pelas execuções se dissipou, alguns dos animais lembraram – ou achavam que lembraram – que o Sexto Mandamento decretava que "Nenhum animal deve matar nenhum outro animal". E ainda que ninguém o tivesse mencionado perto dos porcos ou dos cachorros, a sensação era de que as matanças que aconteceram o contrariavam. Sortuda pediu que Benjamin lesse o Sexto Mandamento. Quando Benjamin se recusou a se envolver em tais questões, como de costume, Sortuda foi buscar Muriel, que leu para ela o Mandamento: "Nenhum animal jamais deverá matar outro animal SEM MOTIVO". De alguma maneira, as duas últimas palavras haviam escapado da memória dos animais. Mas agora viam que o Mandamento não fora violado: claramente, havia um bom motivo para matar os traidores que se aliaram a Bola de Neve.

Ao longo do ano, os animais trabalharam ainda mais do que no ano anterior. Foi um esforço descomunal reconstruir o moinho com as paredes duas vezes mais grossas do que antes e o concluir na data combinada, junto às tarefas normais da fazenda. Algumas vezes parecia que trabalhavam mais horas e não se alimentavam mais, se comparado com os dias de Jones. Às manhãs de domingo, Guincho segurava um longo pedaço de papel com a pata e lia as estatísticas provando que a produção de cada setor do gênero alimentício aumentara em duzentos, trezentos ou quinhentos por cento, conforme o caso. Os animais não viam motivos para não acreditar, em particular porque não conseguiam mais lembrar tão claramente quais tinham sido as condições antes da Rebelião. De qualquer forma, havia dias que sentiam preferir ter estatísticas piores e mais comida.

Todas as ordens agora eram emitidas através de Guincho ou de um dos outros porcos. Napoleão não era visto em público mais de uma vez a cada quinze dias. Quando aparecia, estava acompanhado não apenas de sua comitiva de cães, mas por um galo preto que marchava à sua frente e agia como uma espécie de trompetista, soltando um potente "cocoricó" antes de Napoleão falar. Diziam que até mesmo na casa da fazenda Napoleão vivia em áreas separadas dos outros. Fazia suas refeições sozinho, com dois cachorros para servi-lo, e sempre comia com um aparelho de jantar feito de porcelana de luxo, que ficava na cristaleira da sala de estar. Também fora anunciado que a arma deveria ser disparada todo ano no aniversário de Napoleão, além das outras duas datas comemorativas.

Não mais se referiam a Napoleão simplesmente como "Napoleão". Sempre o tratavam de maneira formal como "nosso Líder, o Camarada Napoleão", e os porcos gostavam de inventar títulos para ele como Pai de Todos os Animais, Terror da Humanidade, Protetor do Rebanho, Amigo dos Patinhos e coisas do gênero. Em seus discursos, Guincho falava com lágrimas escorrendo pelas bochechas sobre a sabedoria de Napoleão, a bondade de seu coração e o amor profundo que nutria por todos os animais no mundo todo, em especial os infelizes que ainda viviam em ignorância e escravidão em outras fazendas. Tornara-se normal dar a Napoleão o crédito por cada conquista vitoriosa e ato fortuito. Era comum ouvir uma galinha afirmar para outra: "Sob a direção de nosso Líder, o Camarada Napoleão, pus cinco ovos em seis dias"; ou duas vacas no bebedouro exclamarem "Graças à liderança do Camarada Napoleão, esta água tem um sabor excelente!". O sentimento generalizado da fazenda era bem expresso em um poema intitulado "Camarada Napoleão", composto por Pequetito, que era assim:

Dos órfãos, um protetor!
Da felicidade, o criador!
Senhor da lavadura! Minha alma em jubilação
Inflamando quando vejo
Vosso semblante benfazejo,
Como do sol, um lampejo,
Camarada Napoleão!

Tu és o pai e o provisor
Que os animais têm com amor;
Barriga cheia todo dia, palha limpa e muito grão;
E cada bicho, grande ou pequeno
Em sua baia dorme sereno,
Tu vigias nosso terreno,
Camarada Napoleão!

Se um leitão fosse minha cria,
Antes de grande, eu ensinaria
Fosse franzino ou redondo, tal qual um balão,
A passar pelo aprendizado,
A ti ser fiel e dedicado,
E proferir seu primeiro guinchado:
"Camarada Napoleão!"

Napoleão aprovou o poema e ordenou que fosse inscrito na parede do grande celeiro, na ponta oposta aos Sete Mandamentos. Ele foi encimado com um retrato de Napoleão de perfil, pintado por Guincho com tinta branca.

Enquanto isso, por meio de Valdecir, Napoleão se envolveu em complicadas negociações com Frederico e Pitágoras. A pilha de madeira ainda não havia sido vendida. Dos dois homens, Frederico estava mais interessado em adquiri-la, mas não oferecia um preço razoável. Ao mesmo tempo, havia novos rumores de que Frederico e seus homens planejavam atacar a Fazenda dos Animais e destruir o moinho, cuja construção incitara uma inveja furiosa nele. Sabia-se que Bola de Neve ainda se escondia no Beliscampo. No meio do verão, os animais ficaram alarmados ao saber que três galinhas tinham confessado que, inspiradas por Bola de Neve, iniciaram um plano para assassinar Napoleão. Foram executadas imediatamente e novas precauções para a segurança de Napoleão foram tomadas. Quatro cães protegiam sua cama à noite, um em cada canto, e a um porquinho chamado Porcolho foi dada a tarefa de provar toda a sua comida antes das refeições, visando evitar envenenamento.

Por volta do mesmo período foi revelado que Napoleão finalizara um acordo para vender a pilha de madeira para o sr. Pitágoras; e também entraria em um acordo regular para a troca de certos produtos entre a Fazenda dos Animais e a Fazenda do Raposão. As relações entre Napoleão e Pitágoras, ainda que somente conduzidas por meio de Valdecir, tinham se tornado quase amigáveis. Os animais desconfiavam de Pitágoras, já que era um ser humano, mas preferiam ele a Frederico, que tanto temiam quanto odiavam. Conforme o verão passou e a construção do moinho se aproximava da conclusão, os rumores de um ataque traiçoeiro ficavam cada vez mais intensos. Diziam que

Frederico pretendia levar vinte homens armados até a Fazenda dos Animais e já subornara juízes e policiais para que não fizessem perguntas quando conseguisse os títulos de propriedade da Fazenda dos Animais. Além disso, histórias horríveis estavam surgindo do Beliscampo sobre as maldades que Frederico praticava em seus animais. Ele chicoteara um cavalo idoso até a morte, deixava suas vacas famintas, matara um cachorro arremessando-o no forno e se divertia à noite fazendo galos brigarem com estilhaços de lâminas amarrados aos seus esporões. O sangue dos animais fervilhava de raiva quando escutavam sobre os atos perpetrados contra seus camaradas e algumas vezes imploravam por permissão para se agrupar e atacar o Beliscampo, expulsar os humanos e libertar os animais. Mas Guincho os aconselhava a evitar atitudes drásticas e confiar na estratégia do Camarada Napoleão.

De qualquer forma, a raiva contra Frederico continuou em alta. Certo domingo pela manhã, Napoleão apareceu no celeiro e explicou que jamais contemplara vender a pilha de madeira para Frederico; disse que considerava abaixo de sua dignidade fazer negócios com canalhas daquele nível. Os pombos que ainda eram enviados para espalhar notícias da Rebelião foram proibidos de pousar em qualquer lugar da Fazenda do Raposão e também ordenados a substituir seu antigo slogan de "Morte à Humanidade" por "Morte a Frederico". No fim do verão, mais uma das maquinações de Bola de Neve foi revelada. A colheita de trigo estava repleta de ervas daninhas e descobriu-se que, em uma de suas visitas noturnas, Bola de Neve misturara sementes de plantas daninhas com grãos de milho. Um ganso que estava a par da trama confessou sua culpa a Guincho e imediatamente cometeu suicídio, engolindo bagas de beladona. Os animais também descobriram que Bola de Neve nunca – como muitos acreditavam até então – recebera a medalha “Animal herói, primeira classe”. Era meramente um mito espalhado um tempo depois da Batalha do Estábulo de Vacas pelo próprio Bola de Neve. Longe de ser condecorado, ele havia sido censurado por demonstrar covardia durante a batalha. Mais uma vez, alguns dos animais escutaram aquilo com certa perplexidade, mas Guincho logo foi capaz de convencê-los de que suas lembranças estavam falhas.

No outono, mediante esforço tremendo e exaustivo – já que a colheita precisava ser feita praticamente ao mesmo tempo –, o moinho foi finalizado. O maquinário ainda precisava ser instalado e Valdecir estava negociando a compra, mas a estrutura estava completa. Contra todas as dificuldades, apesar da inexperiência, das ferramentas primitivas, da má sorte e da traição de Bola de Neve, o trabalho foi concluído pontualmente no último dia! Exaustos, porém orgulhosos, os animais vagaram ao redor de sua obra-prima, que parecia ainda mais bela do que quando fora construída da primeira vez. Além disso, as paredes eram duas vezes mais grossas do que antes. Apenas explosivos seriam capazes de derrubá-las daquela vez! E, ao pensarem no quanto haviam trabalhado, em quantos períodos de desânimo atravessaram e na enorme diferença que a construção faria em suas vidas quando as lâminas estivessem girando e os dínamos funcionando – quando imaginaram tudo aquilo, o cansaço os abandonou e começaram a saltitar ao redor do moinho, dando gritos triunfantes. O próprio Napoleão, cercado por seus cachorros e seu galo, veio e inspecionou o trabalho finalizado; congratulou pessoalmente os animais pela conquista e anunciou que o moinho seria chamado Moinho de Napoleão.

Dois dias depois, os animais foram reunidos para um encontro especial no celeiro. Ficaram mudos de surpresa quando Napoleão anunciou que vendera a pilha de madeira a Frederico. No dia seguinte, os carroções de Frederico chegariam e começariam a levá-la. Durante todo o período de sua aparente amizade com Pitágoras, Napoleão estivera fazendo um acordo secreto com Frederico.

Todas as relações com a Fazenda do Raposão cessaram; mensagens ofensivas foram enviadas a Pitágoras. Aos pombos, foi ordenado evitar o Beliscampo e alterar seu slogan de "Morte a Frederico" para "Morte a Pitágoras". Ao mesmo tempo, Napoleão garantiu aos animais que os rumores de um ataque iminente à Fazenda dos Animais eram completamente falsos e que as histórias da crueldade de Frederico com seus animais eram um enorme exagero. Todos aqueles boatos provavelmente haviam surgido com Bola de Neve e seus agentes. Parecia que Bola de Neve não estava, no fim das contas, se escondendo no Beliscampo e, na verdade, nunca estivera lá: estava morando – com um luxo considerável, diziam – na Fazenda do Raposão e fora um agente secreto de Pitágoras por anos a fio.

Os porcos estavam extasiados com a astúcia de Napoleão. Ao parecer amigo de Pitágoras, ele forçara Frederico a aumentar seu preço em doze libras. Mas Guincho disse que a superioridade da mente de Napoleão era realçada pelo fato de que ele não confiava em ninguém, nem mesmo em Frederico. Frederico havia tentado pagar pela madeira com algo chamado cheque, que parecia ser um pedaço de papel com uma promessa de pagamento escrita. Mas Napoleão era esperto demais para Frederico. Demandara o pagamento em notas verdadeiras de cinco libras, as quais deveriam ser entregues antes de levarem a madeira. Além disso, Frederico já pagara e a soma era suficiente para comprar o maquinário para o moinho.

Enquanto isso, a madeira era levada embora com rapidez. Quando nada restou, convocou-se outro encontro especial no celeiro para que os animais inspecionassem as notas bancárias de Frederico. Sorrindo de felicidade e usando ambas as medalhas, Napoleão repousou em uma cama de palha na plataforma com o dinheiro ao seu lado, empilhado ordenadamente em um prato de porcelana da cozinha. Os animais se enfileiraram e passaram devagar, cada um observando com atenção. Valentão esticou o focinho para cheirar as notas e aquelas coisas finas e frágeis se agitaram e esvoaçaram com a fungada.

Três dias depois, ocorreu uma enorme algazarra. Valdecir, com o semblante mortalmente pálido, veio pedalando rápido pela estrada, largou a bicicleta no pátio e se apressou direto rumo à casa da fazenda. No momento seguinte, um rugido abafado de fúria soou dos aposentos de Napoleão. A notícia se espalhou pela fazenda como fogo de palha. As notas eram falsas! Frederico não pagara nada pela madeira!

Napoleão reuniu os animais de imediato e com uma voz estrondosa pronunciou sentença de morte a Frederico. Disse que, quando capturado, Frederico deveria ser cozido vivo. Na mesma hora, ele os alertou que após aquela traição deveriam esperar pelo pior. Frederico e seus homens podiam atacar a qualquer instante. Colocaram sentinelas em todas as entradas da fazenda. No mais, quatro pombos foram enviados para a Fazenda do Raposão com uma mensagem conciliatória, esperando que ela restabelecesse boas relações com Pitágoras.

Na manhã seguinte, o ataque aconteceu. Os animais estavam no desjejum quando os vigias chegaram correndo com notícias de que Frederico e seus seguidores já haviam cruzado a porteira. Corajosos, os animais se adiantaram para encontrá-los, mas não tiveram a mesma vitória fácil da Batalha do Estábulo das Vacas.

Havia quinze homens portando meia dúzia de armas, e eles abriram fogo assim que chegaram a uns quarenta e cinco metros. Os animais não conseguiram suportar os fortes estouros e os projéteis lancinantes. Apesar dos esforços de Napoleão e Valentão para estimulá-los, eles logo recuaram. Vários já estavam feridos. Refugiaram-se nas construções da fazenda e espiaram cautelosamente através de ranhuras e orifícios. Todo o grande pasto, incluindo o moinho, estava nas mãos do inimigo. Naquele momento, até Napoleão parecia perdido. Caminhava de um lado para o outro sem falar uma palavra, seu rabo rígido e estremecendo. Dava olhadelas melancólicas em direção à Fazenda do Raposão. Se Pitágoras e seus homens os ajudassem, ainda podiam sair vitoriosos. Mas naquele momento quatro pombos que haviam sido enviados no dia anterior retornaram, um deles com um pedaço de papel escrito por Pitágoras. As palavras seguintes estavam escritas a lápis nele: "Bem feito."

Enquanto isso, Frederico e seus homens pararam ao redor do moinho. Os animais os observaram e deram murmúrios de desânimo. Dois dos homens pegaram um pé de cabra e uma marreta. Estavam prestes a derrubar o moinho.

– Impossível! – gritou Napoleão. – Construímos paredes grossas demais para isso. Eles não poderiam derrubá-lo nem se ficassem uma semana fazendo isso. Coragem, camaradas!

Mas Benjamin estava observando com atenção os movimentos dos homens. Os dois com a marreta e o pé de cabra estavam cavando um buraco perto da base do moinho. Devagar e quase com um ar divertido, Benjamin assentiu com seu longo focinho.

– Imaginei – disse ele. – Não veem o que estão fazendo? Logo, logo vão colocar pólvora naquele buraco.

Aterrorizados, os animais esperaram. Naquele momento, era impossível deixar a proteção das construções. Após alguns minutos, testemunharam os homens correndo para todos os lados. Então, houve um estrondo ensurdecedor. Os pombos esvoaçaram pelo ar e todos os animais, com exceção de Napoleão, se abaixaram e esconderam os rostos. Quando se levantaram novamente, uma enorme nuvem de fumaça negra pairava onde antes o moinho estivera. Aos poucos, a brisa soprou-a para longe. O moinho não mais existia!

Vendo aquilo, a coragem dos animais retornou. O medo e o desespero que sentiram havia alguns instantes foi suplantado por uma fúria contra aquele ato desprezível e cruel. Um clamor poderoso por vingança soou entre eles e, sem esperar ordens, avançaram agrupados direto para o inimigo. Desta vez, não deram atenção aos projéteis que zuniam sobre suas cabeças como granizo. Foi uma batalha selvagem e amarga. Os homens atiraram várias vezes e, quando os animais se aproximavam, atacavam com suas varas e botas pesadas. Uma vaca, três ovelhas e dois gansos morreram e quase todos ficaram feridos. Até mesmo Napoleão, que estava direcionando as operações da retaguarda, teve a ponta do seu rabo arrancada por um projétil. Mas os homens não saíram incólumes. Três tiveram os crânios rachados com golpes dos cascos de Valentão; outro foi perfurado na barriga pelo chifre de uma vaca; e outro teve as calças esfarrapadas por Julieta e Tulipa. E, quando os nove cães de guarda do próprio Napoleão – que haviam sido instruídos a fazer um desvio por trás de uma sebe – apareceram latindo com ferocidade no flanco dos homens, eles foram tomados pelo pânico. Perceberam que corriam o risco de ficarem cercados. Frederico gritou que fugissem enquanto havia tempo e logo o inimigo acovardado estava correndo para preservar a própria vida. Os animais os caçaram até a borda do campo e desferiram alguns últimos chutes conforme os homens forçavam a passagem pela sebe de pilriteiro.

Venceram, mas estavam cansados e sangrando. Devagar, começaram a mancar de volta em direção à fazenda. A visão de seus camaradas mortos estirados na relva levou alguns às lágrimas. Por um tempo, pararam em silêncio pesaroso no lugar onde o moinho antes ficava. Sim, estava destruído; não restava nada, nem mesmo um último vestígio do esforço que haviam feito! Até o alicerce estava parcialmente devastado. E ao reconstruí-lo não poderiam mais utilizar pedras caídas, como antes. Dessa vez, as pedras haviam sumido também. A força da explosão as arremessara a centenas de metros. Era como se o moinho nunca tivesse existido.

Quando se aproximaram da fazenda, Guincho, que estivera inexplicavelmente ausente durante o confronto, veio saltitando e mexendo o rabo, radiante de satisfação. E os animais escutaram, vindo da direção das construções da fazenda, o ribombo solene de uma arma.

– Para que os tiros? – perguntou Valentão.

– Para celebrar nossa vitória! – exclamou Guincho.

– Que vitória? – disse Valentão. Seus joelhos sangravam, ele perdera uma ferradura, rachara o casco e uma dúzia de projéteis de chumbinho tinham se alojado em sua pata dianteira.

– Como assim que vitória, camarada? Não conseguimos escorraçar o inimigo para fora do nosso solo, o solo sagrado da Fazenda dos Animais?

– Mas eles destruíram o moinho. E nós trabalhamos nele por dois anos!

– Qual é o problema? Construiremos outro moinho. Construiremos seis moinhos, se quisermos. Camarada, você não está apreciando o nosso grande feito. O inimigo estava ocupando esta própria terra onde estamos. E agora, graças à liderança do Camarada Napoleão, conquistamos cada centímetro dela de volta!

– Então, conquistamos o que já tínhamos antes – disse Valentão.

– Esta é nossa vitória – disse Guincho.

Eles coxearam em direção ao pátio. Os projéteis sob a pele da pata de Valentão ardiam muito. Ele via diante de si o grande esforço de reconstruir o moinho a partir de seu alicerce e já se imaginava em preparação para a tarefa. Entretanto, pela primeira vez, deu-se conta de que estava com onze anos e que talvez seus grandes músculos já não fossem mais os mesmos.

Mas pareceu que haviam, no fim das contas, conquistado uma grande vitória quando viram a bandeira verde ondulando, escutaram os tiros novamente – sete tiros, no total – e ouviram o discurso que Napoleão fez os congratulando pela conduta. Deram um funeral solene para os animais mortos em batalha. Valentão e Sortuda puxaram a carroça que servia como carreta fúnebre, e o próprio Napoleão caminhou à frente da procissão. Dois dias inteiros foram dedicados a celebrações. Houve canções, discursos e mais tiros ao alto, além de um presente especial: uma maçã concedida a cada animal, além de sessenta gramas de milho para cada pássaro e três petiscos para cada cachorro. Houve o anúncio de que a batalha seria chamada de Batalha do Moinho e que Napoleão criara uma nova condecoração, a Ordem do Estandarte Verde, com a qual ele premiara a si mesmo. Durante o júbilo generalizado, o problema infeliz das notas falsas foi esquecido.

Dias depois, os porcos esbarraram em um caixote de uísque nos porões da casa da fazenda. Não o haviam visto na época em que a casa fora ocupada. Naquela noite, veio da casa o som de uma cantoria intensa, na qual trechos de "Bichos da Inglaterra" estavam incorretos, para a surpresa de todos. Por volta de nove e meia da noite, Napoleão, usando um velho chapéu-coco do sr. Jones, foi visto saindo pela porta de trás, galopando rápido pelo pátio e desaparecendo de novo pela porta. Todavia, ao amanhecer, um silêncio profundo e ressacado pairou sobre a casa. Nenhum porco parecia sequer se mexer. Foi perto das nove da manhã que Guincho apareceu, andando devagar e apático, os olhos vidrados, o rabo balançando frouxo atrás de si, e tinha toda a aparência de estar seriamente doente. Reuniu os animais e contou que tinha uma notícia terrível para dar. O Camarada Napoleão estava morrendo!

Exclamações lamuriosas se seguiram. Colocaram palha do lado externo das portas da casa e os animais caminharam na ponta dos pés. Com lágrimas nos olhos, perguntaram-se o que deveriam fazer se seu Líder partisse. Espalhou-se um rumor que Bola de Neve conseguira, no fim das contas, colocar veneno na comida de Napoleão. Às onze horas, Guincho saiu para dar outro anúncio. Como seu último ato sobre a Terra, o Camarada Napoleão pronunciara um decreto cerimonial: beber álcool era um ato passível de pena de morte.

À noite, contudo, Napoleão pareceu um pouco melhor e, na manhã seguinte, Guincho lhes informou que ele estava bem e em recuperação. Naquela noite, Napoleão voltou ao trabalho e no dia seguinte foi descoberto que instruíra Valdecir a adquirir livretos sobre fermentação e destilação em Willingdon. Uma semana depois, Napoleão deu ordens para que o pequeno cercado na orla do pomar, que antes pretendiam separar como pasto para animais aposentados, deveria ser arado. Informaram que o pasto estava exaurido e precisava ser semeado novamente; mas logo foi descoberto que Napoleão pretendia semeá-lo com cevada.

Por volta da mesma época, aconteceu um estranho incidente que quase ninguém foi capaz de entender. Um dia, por volta de meia-noite, um forte baque soou pelo pátio e os animais saíram apressados de suas baias. Era uma noite enluarada. Ao pé da parede dos fundos do grande celeiro, onde os Sete Mandamentos estavam escritos, havia uma escada partida em dois. Guincho, temporariamente atordoado, estava estatelado ao lado dela com um lampião, um pincel e um pote de tinta branca virado. Os cachorros no mesmo instante cercaram Guincho e o escoltaram de volta para a casa tão logo ele conseguiu caminhar. Nenhum dos animais conseguia imaginar o que aquilo podia significar, com exceção do velho Benjamin, que assentiu parecendo compreender, o focinho com uma expressão sapiente, mas sem falar nada.

Contudo, alguns dias depois, Muriel leu os Sete Mandamentos para si mesma e notou que havia mais um que os animais se lembravam errado. Pensavam que o Quinto Mandamento era "Nenhum animal deve beber álcool", mas lá estavam duas palavras que haviam esquecido. Na realidade, o Mandamento era: "Nenhum animal deve beber álcool EM EXCESSO".

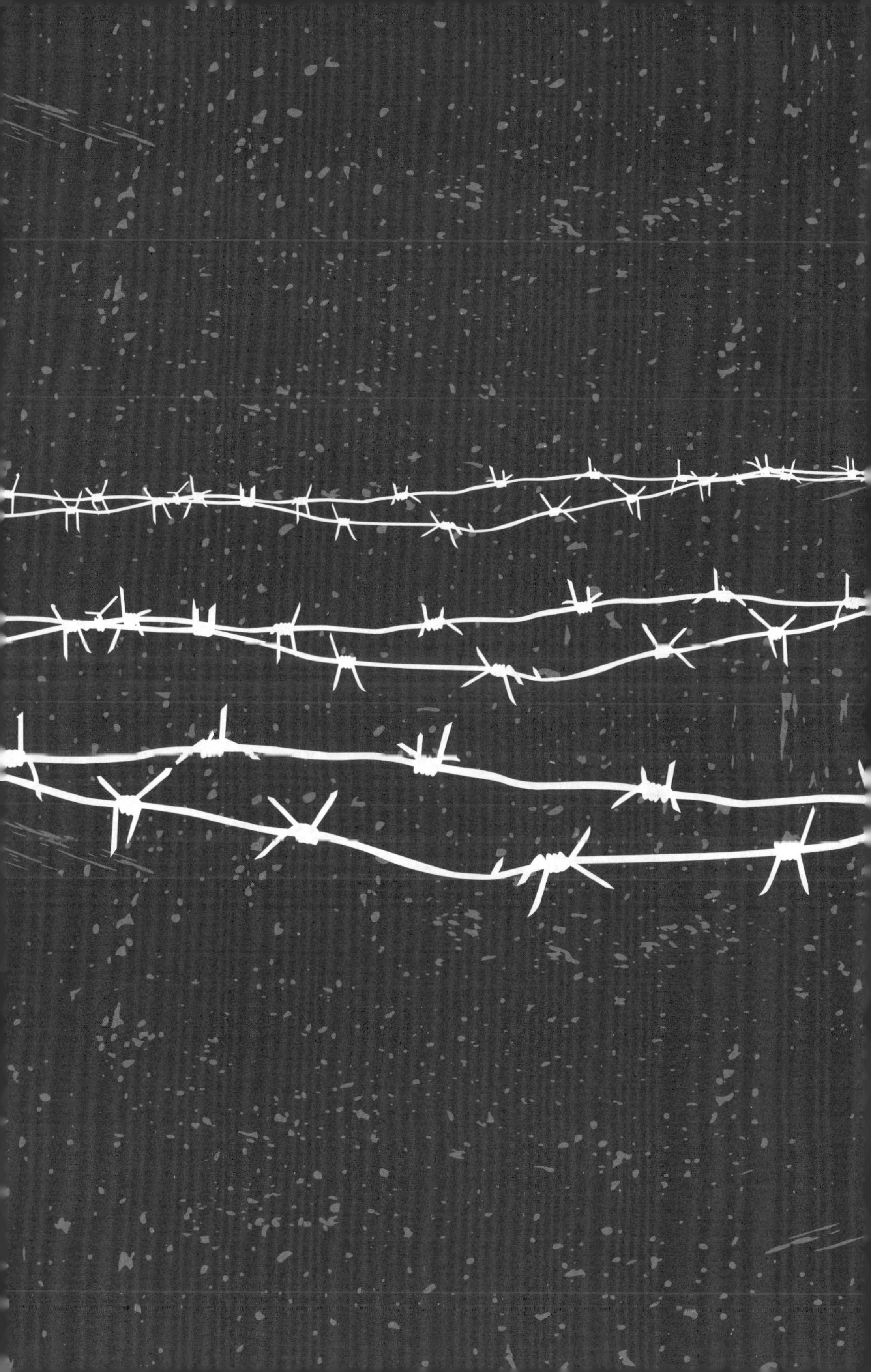

VIDA LONGA AO
CAMARADA NAPOLEÃO!
NAPOLEÃO ESTÁ
SEMPRE CERTO

CAPÍTULO 9

O casco rachado de Valentão estava demorando para cicatrizar. Os animais haviam recomeçado a reconstrução do moinho um dia após as celebrações de vitória. Valentão se recusava a tirar sequer um dia de descanso e não demonstrar sua dor se tornou uma questão de honra. À noite, ele admitia em privado para Sortuda que o casco o incomodava muito. Sortuda o tratava com infusões de ervas que ela mesma mastigava para preparar, e tanto ela quanto Benjamin imploravam que Valentão trabalhasse menos. "Os pulmões de um cavalo não duram para sempre", ela dizia. Mas Valentão não escutava. Dizia que só restava uma ambição genuína para ele: ver o moinho bem encaminhado antes de atingir a idade de se aposentar.

No início, quando as leis da Fazenda dos Animais foram formuladas, a idade de aposentadoria fora fixada aos doze anos para cavalos e porcos, quatorze para vacas, nove para cachorros, sete para ovelhas e cinco para galinhas e gansos. Remunerações generosas haviam sido acordadas. Por enquanto, nenhum animal havia se aposentado, mas, ultimamente, o assunto era cada vez mais discutido. Como o campo na orla do pomar fora separado para a colheita de cevada, o rumor era que um canto do grande pasto seria cercado e transformado em pastagem para animais aposentados. Para um cavalo, diziam, o valor da aposentadoria seria de pouco mais de dois quilos de milho por dia e, no inverno, sete quilos de feno, com uma cenoura ou talvez uma maçã aos feriados. O aniversário de doze anos de Valentão seria ao fim do verão do ano seguinte.

Enquanto isso, a vida era dura. O inverno estava tão frio quanto o anterior e a comida, ainda mais escassa. Mais uma vez, todas as rações foram reduzidas, à exceção da dos porcos e dos cachorros. Guincho explicou que uma igualdade muito rígida de rações era contraditória aos princípios do Animalismo. De qualquer modo, ele não teve dificuldade em esclarecer aos outros animais que, na realidade, as refeições deles NÃO estavam reduzidas, por mais que assim parecesse. Por um período temporário, certamente, fora necessário fazer um reajuste de rações (Guincho sempre usava o termo "reajuste", nunca "redução"), mas em comparação com os dias de Jones o progresso era gigantesco. Lendo as estatísticas com uma voz rápida e estridente, Guincho provava detalhadamente que possuíam mais aveia, feno e nabos do que nos dias de Jones, trabalhavam menos horas, a água que bebiam era de melhor qualidade, viviam mais, uma grande proporção de seus filhotes sobreviviam à infância, tinham mais palha em suas baias e sofriam menos com pulgas. Os animais acreditavam em cada palavra. Na realidade, Jones e tudo o que ele representava estavam quase apagados da memória. Sabiam que a vida atual era dura e desvalida, que estavam constantemente com fome e frio e que, com frequência, se não estavam dormindo estavam trabalhando. Mas sem dúvida fora pior nos dias antigos. Acreditavam felizes naquilo. E Guincho não hesitava em apontar como haviam sido escravos no passado, mas agora eram livres, o que fazia toda a diferença.

Havia muito mais bocas para alimentar. No outono, todas as quatro porcas deram ninhadas simultaneamente, gerando trinta e um porquinhos no total. Os porquinhos eram malhados e, como Napoleão era o único varrão na fazenda, era possível adivinhar o parentesco. Foi anunciado que no futuro próximo, após adquirirem tijolos e madeira, uma escola seria construída no quintal da casa da fazenda. Por enquanto, o próprio Napoleão passava instruções aos porquinhos na cozinha. Exercitavam-se no quintal e eram desencorajados a brincar com outros animais jovens. Também por volta daquela época, uma regra decretou que, quando um porco esbarrasse com qualquer outro animal no caminho, o animal deveria abrir espaço. Além disso, todos os porcos, de qualquer grau hierárquico, teriam o privilégio de usar laços verdes em seus rabos aos domingos.

A fazenda tivera um ano bastante próspero, mas ainda faltava dinheiro. Os tijolos, a areia e a cal para a escola deveriam ser adquiridos e seria necessário economizar mais para o maquinário do moinho. Também precisavam de velas e óleo para lampião para a casa, além de açúcar para a mesa de Napoleão (ele o proibiu aos outros porcos, sob o pretexto de que os engordava), e todas as substituições habituais de ferramentas, pregos, cordas, carvão, fios, pedaços de ferro e petiscos para cachorro. Venderam um fardo de feno e parte da safra de batata, e o contrato dos ovos aumentou para seiscentos por semana, de maneira que naquele ano as galinhas mal conseguiram chocar pintinhos para manter seus números estáveis. As rações, reduzidas em dezembro, foram reduzidas novamente em fevereiro, e foi proibido colocar lampiões nas baias, visando poupar óleo. Mas os porcos pareciam bastante confortáveis e, de fato, estavam até ganhando peso.

Certa tarde, no fim de fevereiro, um aroma flutuou pelo pátio, vindo da pequena cervejaria perto da cozinha que estava em desuso desde o tempo de Jones. Era cálido, rico e apetitoso e os animais nunca o haviam sentido. Alguém disse que era o cheiro de cevada cozinhando. Os animais fungaram o ar, famintos, e ponderaram se era a preparação de um cozido para o jantar. Mas nenhum cozido apareceu e, no domingo seguinte, houve o anúncio de que, daquele momento em diante, toda a cevada seria reservada aos porcos. O campo na orla do pomar já havia sido semeado com cevada, e logo circulou a notícia de que cada porco estava recebendo uma cota de meio litro de cerveja por dia, sendo que Napoleão recebia dois litros servidos na terrina da porcelana de luxo.

Mas, se havia dificuldades para enfrentar, elas eram parcialmente compensadas pelo fato de que a vida atual era mais digna do que antes. Havia mais canções, mais discursos e mais procissões. Napoleão ordenara que uma vez por semana aconteceria algo chamado de Manifestação Espontânea, cujo objetivo era celebrar os conflitos e triunfos da Fazenda dos Animais. Na hora combinada, os animais saíam do trabalho e marchavam, em formação militar, ao redor das construções da fazenda, com os porcos na frente, depois os cavalos, as vacas, as ovelhas e, por último, as aves. Os cachorros flanqueavam a procissão e na frente de todos marchava o galo preto de Napoleão. Valentão e Sortuda sempre carregavam um estandarte verde entre os dois, pintado com o casco, o chifre e a legenda "Vida longa ao Camarada Napoleão!". Depois, ocorriam declamações de poemas compostos em honra a Napoleão, além de um discurso de Guincho detalhando os últimos aumentos na produção de alimentos. Ocasionalmente, disparava-se um tiro cerimonial com a arma. As ovelhas eram as mais devotas às Manifestações Espontâneas e se alguém reclamasse (como alguns animais às vezes faziam quando nenhum porco ou cachorro estava por perto) que estavam perdendo tempo e que se demoravam no frio, as ovelhas decerto os silenciavam com um balido tremendo de "Quatro pernas bom, duas pernas mau!". Entretanto, no geral, os animais gostavam das celebrações. Achavam reconfortante a lembrança de que, no fim das contas, eram de fato seus próprios mestres e que o trabalho que faziam era em seu próprio benefício. Assim, com as canções, as processões, as estatísticas de Guincho, o ribombar da arma, o cacarejo do galo e o hasteamento da bandeira, eles conseguiam esquecer pelo menos por um tempo que suas barrigas estavam vazias.

Em abril, a Fazenda dos Animais foi proclamada uma república, tornando necessário eleger um presidente. Havia apenas um candidato, Napoleão, que foi eleito por unanimidade. No mesmo dia, divulgaram a descoberta de novos documentos, revelando mais detalhes da cumplicidade de Bola de Neve com Jones. Pelo visto, Bola de Neve não tentara apenas perder a Batalha do Estábulo das Vacas por meio de uma artimanha, como os animais haviam imaginado, mas lutara abertamente ao lado de Jones. De fato, ele fora o líder das forças humanas e avançara para a batalha entoando as palavras "Vida longa à humanidade!". As feridas no dorso de Bola de Neve, que alguns animais ainda se recordavam de ter visto, haviam sido infligidas pelos dentes de Napoleão.

No meio do verão, Moisés, o corvo, reapareceu de súbito na fazenda, após uma ausência de vários anos. Não mudara nada: ainda não trabalhava e falava com a mesma empolgação sobre a Montanha Docinha. Ele se empoleirava em um toco de árvore, agitava suas asas negras e discursava uma vez por hora para quem quisesse ouvir. "Lá em cima, camaradas", dizia com seriedade, apontando para o céu com seu grande bico, "lá em cima, bem do lado daquela nuvem escura que vocês estão vendo... Lá está ela, a Montanha Docinha, a terra feliz onde nós, pobres animais, descansaremos eternamente de nossa labutação!". Até mesmo clamava ter estado lá em um de seus voos mais altos e que vira os campos imperecíveis de trevo, além do bolo de linhaça e torrões de açúcar crescendo nas sebes. Muitos animais acreditavam nele. Suas vidas agora, refletiam, era faminta e extenuante; não seria certo e justo que um mundo melhor existisse em algum lugar? Já a atitude dos porcos com relação a Moisés era difícil de determinar. Todos declararam com desdém que suas histórias sobre a Montanha Docinha eram mentira, mas mesmo assim permitiam que ele ficasse na fazenda sem trabalhar e com um abono de cento e vinte mililitros de cerveja por dia.

Após seu casco cicatrizar, Valentão passou a trabalhar mais do que nunca. Na verdade, todos os animais trabalharam como escravos naquele ano. Além do trabalho normal da fazenda e da reconstrução do moinho, havia a escola para os porquinhos, cuja construção se iniciara em março. Às vezes, as longas horas com alimentação insuficiente eram difíceis de suportar, mas Valentão nunca hesitava. Em nada do que falasse ou fizesse havia qualquer sinal de que sua força não era a mesma de antes. Apenas sua aparência estava um pouco alterada: sua pele não era mais brilhosa como antes e suas grandes ancas pareciam ter murchado. Os outros diziam: "Valentão vai engordar quando a relva da primavera chegar", mas a primavera chegou e Valentão não engordou. Às vezes, na encosta que levava ao topo da pedreira, quando Valentão apoiava os músculos contra o peso de algum pedregulho, parecia que nada além da vontade de prosseguir o mantinha de pé. Naquelas vezes, viam seus lábios formar as palavras "Vou trabalhar mais"; mas já não tinha voz. Mais uma vez,

Sortuda e Benjamin o alertaram para cuidar de sua saúde, mas Valentão não prestava atenção. Seu aniversário de doze anos estava próximo. Ele não se importava com o que acontecesse desde que um bom estoque de pedra estivesse acumulado antes de ele se aposentar.

Tarde em uma noite no verão, um boato abrupto percorreu a fazenda, afirmando que algo acontecera com Valentão. Ele saíra sozinho para arrastar um carregamento de pedra até o moinho. E o boato se provou verdade. Alguns minutos depois, dois pombos deram rasantes trazendo a notícia:

– Valentão caiu! Está deitado de lado e não consegue se levantar!

Quase metade dos animais da fazenda se apressou para a colina onde ficava o moinho. Lá estava Valentão entre as hastes da carroça, com o pescoço esticado e incapaz de erguer a cabeça. Seus olhos estavam vidrados, seus flancos empapados de suor. Um filete de sangue escorria de sua boca. Sortuda se pôs de joelhos ao seu lado.

– Valentão! – ela gritou. – Como você está?

– É meu pulmão – disse Valentão com uma voz fraca. – Não importa. Acho que vocês conseguirão terminar o moinho sem mim. Há um armazenamento muito bom de pedra. Eu só tinha mais um mês de trabalho, de qualquer maneira. Para ser sincero, estava ansioso pela aposentadoria. E talvez, como Benjamin está envelhecendo também, deixarão que ele se aposente ao mesmo tempo que eu, para me fazer companhia.

– Temos que pedir ajuda agora – disse Sortuda. – Alguém corra para avisar Guincho sobre o que aconteceu.

Todos os outros animais imediatamente dispararam de volta para a casa da fazenda a fim de dar a notícia a Guincho. Apenas Sortuda ficou, além de Benjamin, que se agachou ao lado de

Valentão e, sem falar nada, espantou as moscas de perto dele com seu longo rabo. Depois de quinze minutos, Guincho apareceu, cheio de pena e preocupação. Disse que o Camarada Napoleão recebera com a mais profunda angústia a notícia do infortúnio que ocorrera a um dos trabalhadores mais leais da fazenda e que já estava elaborando arranjos para que Valentão fosse tratado no hospital de Willingdon. Os animais ficaram um pouco inquietos. Com exceção de Dama e Bola de Neve, nenhum outro animal jamais deixara a fazenda, e não gostavam de imaginar seu camarada adoecido nas mãos dos humanos. Contudo, Guincho os convenceu com facilidade que o cirurgião veterinário em Willingdon podia tratar o caso de Valentão melhor do que o que podia ser feito na fazenda. Cerca de meia hora depois, Valentão se recuperara um pouco, mas teve dificuldade de ficar de pé. Apesar disso, conseguiu capengar até a sua baia, onde Sortuda e Benjamin haviam lhe preparado uma boa cama de palha.

Pelos dois dias subsequentes, Valentão permaneceu em sua baia. Os porcos enviaram um grande frasco com um remédio cor-de-rosa que encontraram no baú de medicamentos do banheiro e Sortuda o administrou a Valentão duas vezes por dia após as refeições. À noite, Sortuda ficava na baia de Valentão e conversava com ele enquanto Benjamin afastava as moscas. Valentão dizia não lamentar o ocorrido. Caso conseguisse se recuperar, talvez vivesse ainda mais três anos, e ansiava pelos dias tranquilos que passaria no canto do grande pasto. Seria a primeira vez que teria tempo livre para estudar e aprimorar sua mente. Pretendia dedicar o restante de sua vida a aprender as outras vinte e duas letras do alfabeto.

Contudo, Benjamin e Sortuda só podiam estar com Valentão depois do trabalho, e foi no meio do dia que o carroção veio buscá-lo. Todos os animais estavam no trabalho, capinando nabos sob a supervisão de um porco quando se surpreenderam com Benjamin galopando, vindo dos prédios da fazenda e zurrando a plenos pulmões. Era a primeira vez que viam Benjamin agitado – na verdade, era a primeira vez que o viam galopando.

– Rápido, rápido! – ele gritou. – Venham logo! Estão levando Valentão!

Sem esperar ordens do porco, os animais largaram o trabalho e correram até as construções da fazenda. E lá no pátio estava um grande carroção fechado puxado por dois cavalos, com letras ao lado e um homem de aparência astuta e um chapéu-coco sentado na boleia. A baia de Valentão estava vazia.

Os animais se amontoaram ao redor do carroção.

– Até logo, Valentão! – gritaram em coro. – Até logo!

– Tolos! Tolos! – gritou Benjamin, empinando ao redor deles e pisoteando a terra com seus cascos pequenos. – Tolos! Não veem o que está escrito no lado do carroção?

Aquilo fez os animais pararem e ficarem em silêncio. Muriel começou a soletrar as palavras. Mas Benjamin a empurrou para o lado e leu em meio a um silêncio mortal:

– "Alfredo Simões, abatedouro de cavalos e graxaria, Willingdon. Revendedor de couro e farinha de osso. Atendemos canis." Não entendem o que isso significa? Estão levando Valentão para o carniceiro!

Os animais explodiram em um grito horrorizado. Naquele momento, o homem na boleia chicoteou os cavalos, e eles puxaram o carroção do pátio a um trote ligeiro. Todos os animais o seguiram, gritando o máximo que conseguiam. Sortuda forçou passagem até a parte da frente. O carroção ganhou velocidade. Sortuda tentou impelir seus fortes membros a galopar, mas conseguiu apenas trotar.

– Valentão! – gritou ela. – Valentão! Valentão! Valentão!

E, bem naquela hora, como se tivesse escutado o rebuliço do lado de fora, o rosto de Valentão com sua mancha no focinho apareceu na janelinha traseira do carroção.

– Valentão! – gritou Sortuda com uma voz aterrorizada. – Valentão! Sai daí! Sai daí, rápido! Estão levando você para a morte!

Todos os animais se juntaram gritando "Sai daí, Valentão, sai daí!", mas o carroção já estava ganhando velocidade e se afastando. Não dava para dizer se Valentão entendera as palavras de Sortuda. Mas logo sua face desapareceu da janela e o estrondo de cascos dando golpes soou de dentro do carroção. Estava tentando fugir com patadas. Havia uma época em que apenas alguns chutes do casco de Valentão teriam sido suficientes para arrebentar o carroção e transformá-lo em palitos. Mas que lástima! Sua força já não era a mesma. Em alguns instantes, o som das cascadas enfraqueceu e cessou. Desesperados, os animais começaram a implorar para que os dois cavalos que puxavam o carroção parassem. "Camaradas", gritaram. "Não levem seu irmão para a morte." Mas os brutamontes estúpidos, ignorantes demais para entender o que estava acontecendo, meramente colocaram as orelhas para trás e aceleraram a trotada. A face de Valentão não reapareceu na janela. Alguém pensou tarde demais em correr e fechar a porteira, mas o carroção logo passou por ela e não demorou a desaparecer na estrada. Valentão nunca mais foi visto.

Três dias depois foi anunciado que ele falecera no hospital em Willingdon, mas recebeu toda a atenção que um cavalo poderia ter. Foi Guincho quem trouxe a notícia aos outros. Disse que estivera presente durante os últimos momentos de Valentão.

– Foi a cena mais comovente que já vi! – contou Guincho, levantando a pata e secando uma lágrima. – Estava ao lado dele no último instante. No fim, praticamente fraco demais para falar, ele sussurrou em meu ouvido que sua única tristeza era ir embora antes de o moinho ser finalizado. "Avante, camaradas!", ele sussurrou. "Avante em nome da Rebelião. Vida longa à Fazenda dos Animais! Vida longa ao Camarada Napoleão! Napoleão está sempre certo." Estas foram suas últimas palavras, camaradas.

Naquele instante, o comportamento de Guincho mudou. Ficou em silêncio por um momento e seus olhinhos lançaram olhares suspeitos de um lado para o outro antes de prosseguir.

Disse que ficara sabendo que um boato estúpido e malvado andara circulando no momento da remoção de Valentão. Alguns animais haviam notado que estava escrito "Abatedouro de cavalos" no carroção que levara Valentão, chegando à conclusão que Valentão estava sendo levado ao carniceiro. Guincho proclamou que era quase inacreditável que os animais pudessem ser tão estúpidos. Gritou indignado, sacudindo o rabo e saltitando de um lado para o outro, que era claro que eles sabiam que seu amado Líder, o Camarada Napoleão, não era tão burro assim, certo? A explicação era bem simples: previamente, o carroção fora propriedade de um carniceiro e comprado por um cirurgião veterinário que ainda não pintara por cima do antigo nome. Daí o motivo do engano.

Os animais ficaram aliviados demais ao saber daquilo. E quando Guincho prosseguiu dando mais detalhes do leito de morte de Valentão, do cuidado admirável que recebera e dos remédios caros que Napoleão pagara sem hesitar, as últimas dúvidas se dissiparam e a tristeza que sentiam pela morte de seu camarada foi abrandada pelo pensamento de que pelo menos ele morrera feliz.

O próprio Napoleão apareceu no encontro na manhã do domingo seguinte e proferiu um breve discurso em honra a Valentão. Disse que não fora possível trazer de volta o corpo do lastimado camarada para ser enterrado na fazenda, mas ordenara a elaboração de uma enorme guirlanda com os louros do quintal da casa, que foi enviada para colocarem no túmulo de Valentão. Além disso, os porcos pretendiam fazer, em alguns dias, um banquete memorial pela honra de Valentão. Napoleão finalizou o discurso com um lembrete dos dois lemas favoritos de Valentão: "Vou trabalhar mais" e "O Camarada Napoleão está sempre certo" – lemas, disse ele, que todo animal faria bem em adotar.

No dia combinado para o banquete, chegou de Willingdon uma carroça da mercearia para entregar uma grande caixa de madeira na casa da fazenda. Naquela noite, houve uma cantoria barulhenta seguida pelo que parecia ser uma briga violenta que terminou por volta das onze horas da noite com o barulho de vidro se estilhaçando. No dia seguinte, ninguém se mexeu dentro da casa até o meio-dia, e o rumor que circulou era de que os porcos haviam arranjado dinheiro em algum lugar para comprar uma outra caixa de uísque.

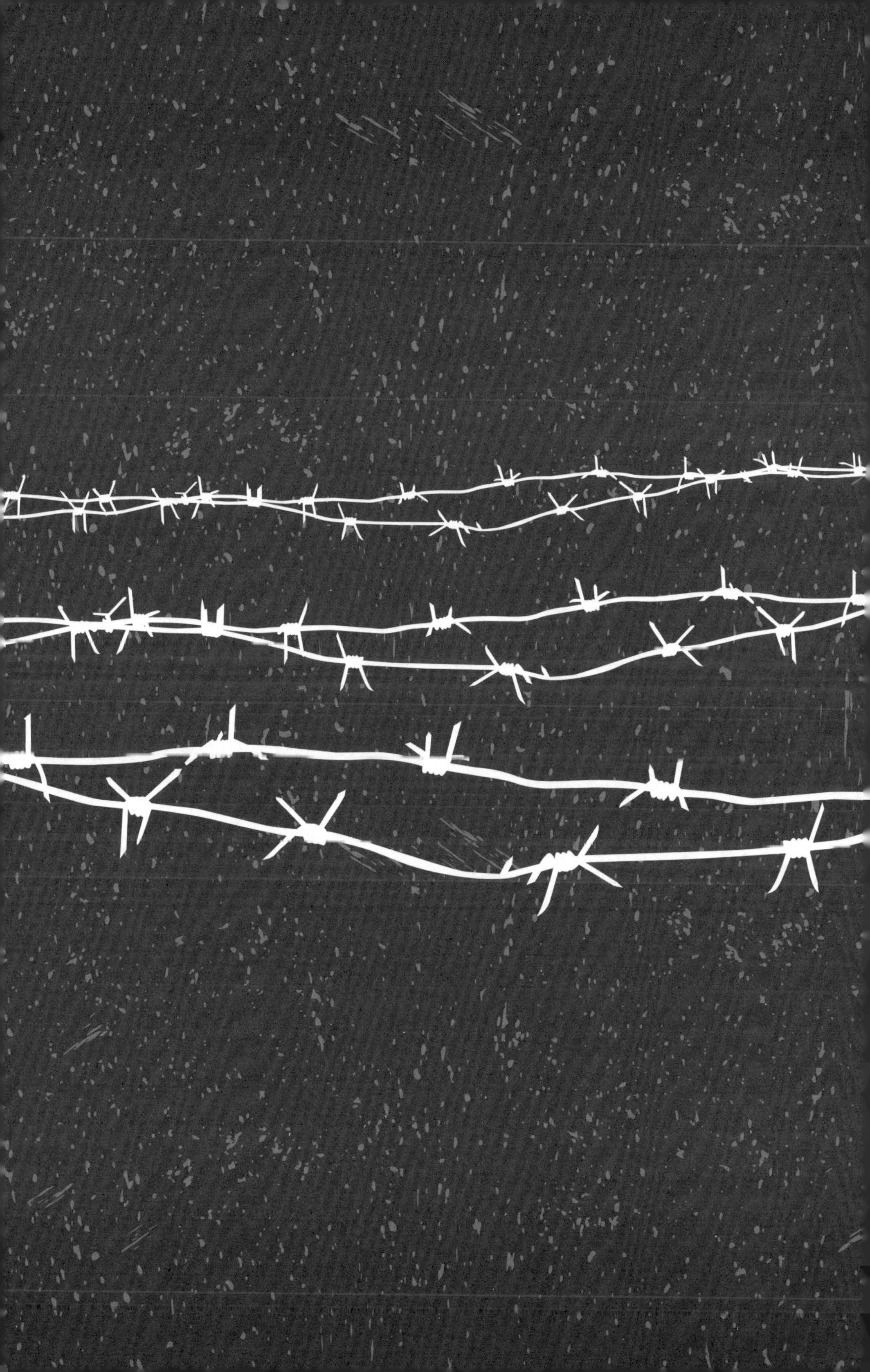

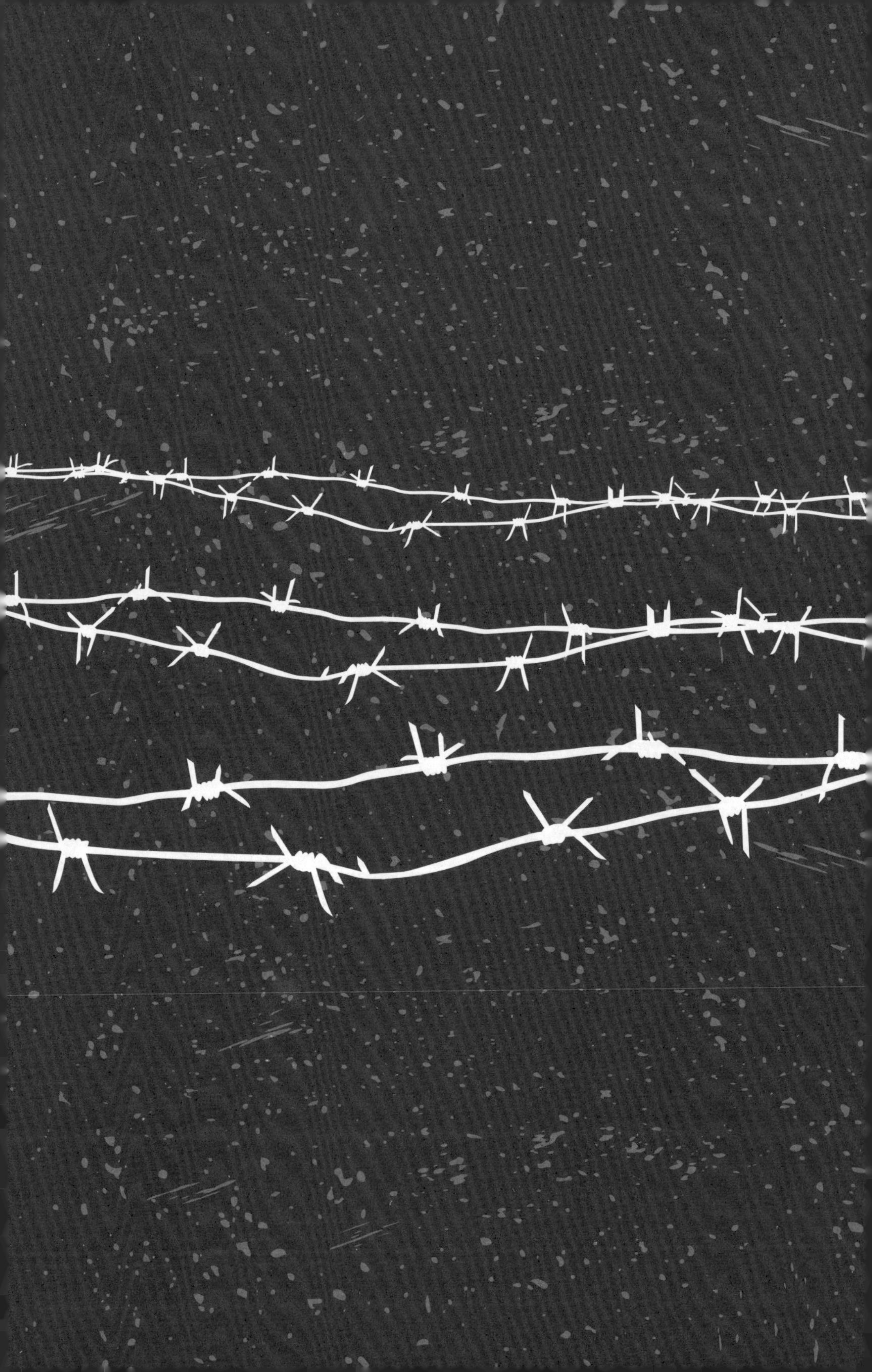

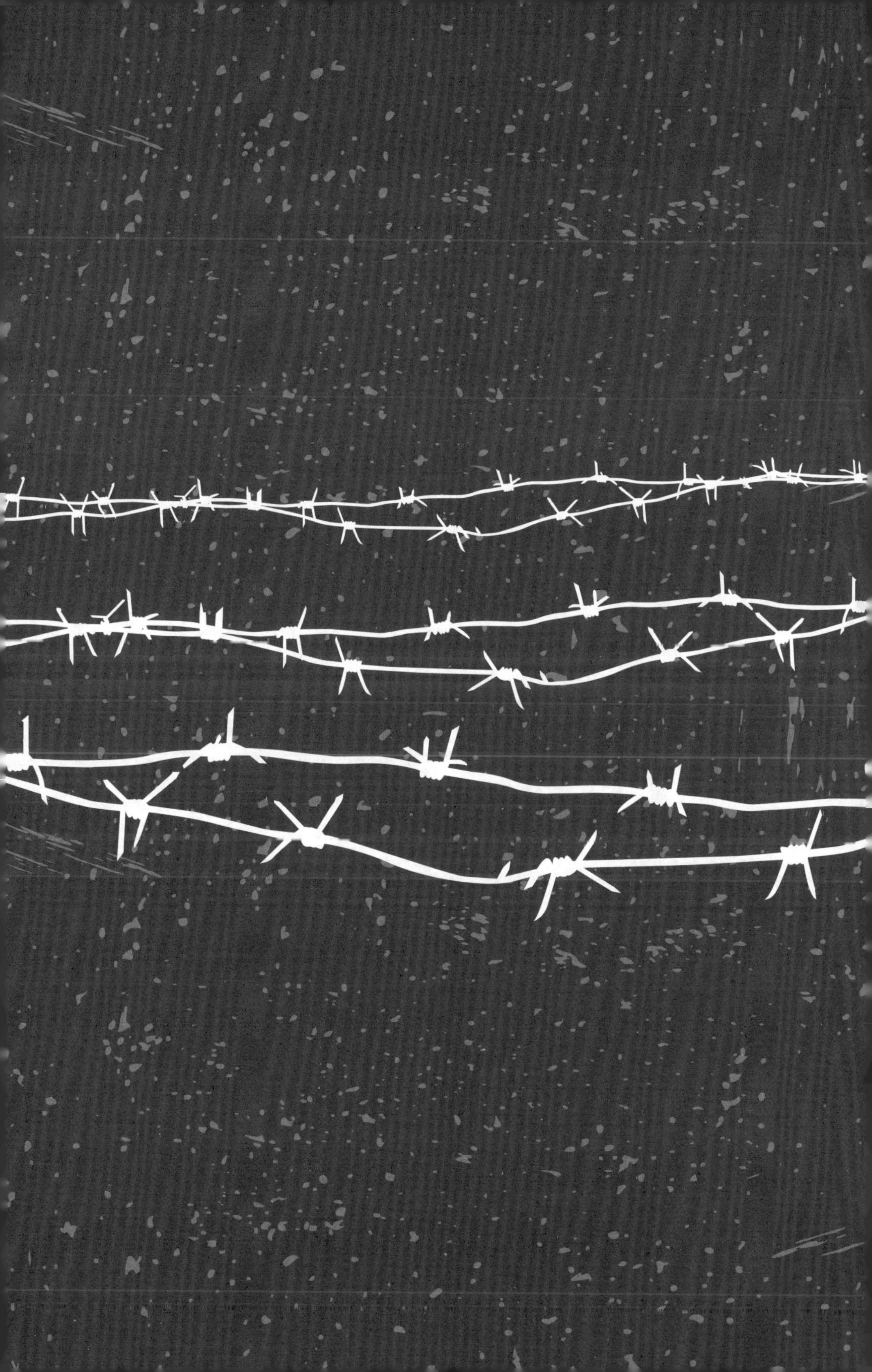

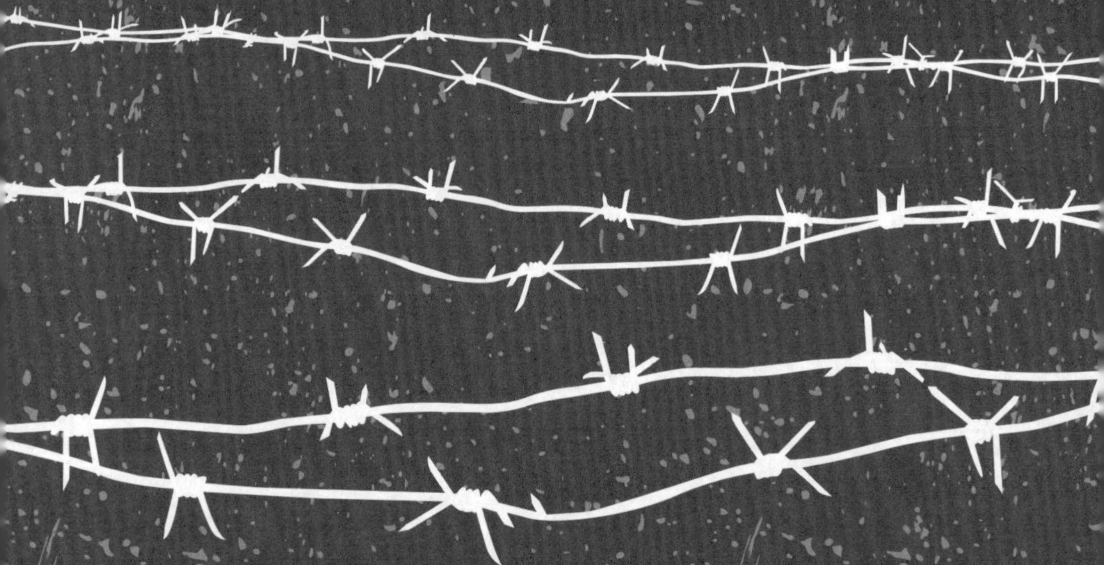

TODOS OS ANIMAIS SÃO IGUAIS, MAS ALGUNS ANIMAIS SÃO MAIS IGUAIS DO QUE OUTROS

CAPÍTULO 10

Anos se passaram. Estações vieram e se foram, e a vida curta dos animais voou. Chegou uma época que ninguém mais recordava os dias antigos de antes da Rebelião, com exceção de Sortuda, Benjamin, Moisés, o corvo, e alguns porcos.

Muriel morrera; Tulipa, Julieta e Belisco também. Jones, também, estava morto – falecera em uma casa de repouso para alcoólatras em outra parte do país. Bola de Neve estava esquecido. Valentão estava esquecido, exceto pelos poucos que o haviam conhecido. Sortuda era uma égua idosa e robusta, enrijecida nas juntas e com tendência a ter olhos secos. Tinha dois anos a mais que a idade de aposentadoria, mas nenhum animal se aposentara de verdade. O discurso de separar um canto do pasto para animais aposentados fora abandonado havia tempo. Napoleão era um varrão maduro de dez arrobas. Guincho estava tão volumoso que enxergava com dificuldade através das pálpebras gorduchas. Apenas o velho Benjamin era praticamente o mesmo de sempre, com a exceção da pelagem mais cinzenta ao redor do focinho e por ter ficado ainda mais melancólico e taciturno após a morte de Valentão.

Havia muito mais bichos na fazenda, embora o crescimento não fosse tão grande quanto o esperado em anos anteriores. Para muitos animais mais jovens nascidos na fazenda, a Rebelião era apenas uma tradição obscura, passada de boca a boca, e os animais comprados sequer haviam escutado falar sobre ela antes de chegarem. Atualmente, a fazenda possuía três cavalos além de Sortuda. Eram bichos excelentes, trabalhadores dispostos e bons camaradas, mas bastante estúpidos. Nenhum deles se mostrou capaz de aprender o alfabeto além da letra B. Aceitavam tudo que diziam sobre a Rebelião e os princípios do Animalismo, especialmente vindo de Sortuda, por quem tinham quase um respeito materno; mas era questionável se entendiam muito do assunto.

A fazenda estava mais próspera e mais bem organizada: fora até expandida com dois campos comprados do sr. Pitágoras. O moinho fora concluído com sucesso, finalmente, e a fazenda possuía uma debulhadora e uma esteira elevatória próprias, além de várias novas construções. Valdecir comprara um docar para si. O moinho, contudo, não era utilizado para gerar energia elétrica, mas para moer milho, o que garantia um lucro maravilhoso em dinheiro. Os animais estavam trabalhando duro em um novo moinho. Diziam que, quando este fosse concluído, os dínamos seriam instalados. Mas os luxos com os quais Bola de Neve uma vez ensinara os animais a sonhar não eram mais mencionados: as baias com luz elétrica, água quente e gelada e jornada de trabalho de três dias. Napoleão denunciara tais ideias como contrárias ao espírito do Animalismo. Dizia que a verdadeira felicidade estava em trabalhar duro e viver com pouco.

De alguma maneira, parecia que a fazenda enriquecera sem deixar nenhum animal mais rico – com a exceção, obviamente, dos porcos e dos cachorros. Talvez o motivo fosse que havia porcos e cachorros demais. Não que eles não trabalhassem à sua própria maneira. Como Guincho nunca se cansava de explicar, havia trabalho incessante na supervisão e organização da fazenda. Muito era de um tipo que os animais eram ignorantes demais para compreender. Por exemplo, Guincho contou que os porcos precisavam labutar demais todos os dias com coisas misteriosas chamadas "arquivos", "relatórios", "minutas" e "memorandos". Eram enormes folhas de papel que precisavam ser minuciosamente cobertas com escritos e, tão logo estivessem tomadas, deveriam ser queimadas no forno. Guincho dizia que aquilo era da mais alta importância para o bem-estar da fazenda. Ainda assim, nenhum porco ou cachorro produzia qualquer alimento com o fruto do próprio trabalho; e havia muitos deles com um apetite bem rebuscado.

Já a vida dos outros, até onde tinham qualquer noção, fora sempre a mesma. Normalmente estavam com fome, dormiam na palha, bebiam no bebedouro e trabalhavam nos campos; no inverno, eram perturbados pelo frio e, no verão, pelas moscas. Algumas vezes, os mais velhos reuniam suas lembranças indistintas e tentavam determinar se nos dias antigos da Rebelião, quando a expulsão de Jones ainda era recente, as coisas haviam sido melhores ou piores. Não conseguiam recordar. Não havia nada com o que comparar suas vidas atuais, nada além das estatísticas de Guincho, que invariavelmente demonstravam que tudo só ficava cada vez melhor. Os animais consideravam o problema insolúvel; de qualquer forma, tinham pouco tempo para especulações. Apenas o velho Benjamin declamava que se lembrava de cada detalhe de sua longa vida e que sabia que as coisas nunca foram e nem poderiam ser muito melhores ou muito piores – segundo ele, a fome, o sofrimento e a decepção eram parte da lei inalterável da vida.

Mesmo assim, os animais nunca perdiam a esperança. Mais do que isso, não perdiam nem por um instante o senso de honra e privilégio de serem membros da Fazenda dos Animais. Ainda era a única fazenda no distrito inteiro – em toda a Inglaterra! – possuída e operada por animais. Nenhum deles jamais deixava de se maravilhar, nem mesmo os mais jovens ou os novatos, trazidos de outras fazendas a vinte ou trinta quilômetros de distância. E quando escutavam o disparo da arma e viam a bandeira verde tremulando no mastro, seus corações se enchiam de um orgulho imperecível, e a conversa se desviava para os antigos dias heroicos, para a expulsão de Jones, para a redação dos Sete Mandamentos e para as grandes batalhas nas quais os invasores humanos haviam sido derrotados. Nenhum dos antigos sonhos fora abandonado. A República dos Animais que Major previra ainda era uma crença viva, quando os férteis campos ingleses não mais seriam trilhados por pés humanos. Algum dia ela chegaria: podia não estar perto, podia não ser no tempo de vida de nenhum animal vivo naquele momento, mas viria mesmo assim. Até mesmo a melodia de "Bichos da Inglaterra" talvez ainda fosse murmurada secretamente em um ou outro lugar. De qualquer modo, era fato que cada animal da fazenda a conhecia, embora ninguém se atrevesse a cantá-la em voz alta. Podia ser bem verdade que suas vidas eram duras e que nem todas as suas aspirações haviam sido realizadas; mas estavam cientes de que não eram como os outros animais. Se estavam com fome, não era para alimentar seres humanos tiranos; se trabalhavam duro, pelo menos trabalhavam para si mesmos. Nenhum bicho caminhava sobre duas pernas. Nenhum animal chamava nenhum outro de "mestre". Todos os animais eram iguais.

Certo dia, no início do verão, Guincho ordenou que as ovelhas o seguissem e as levou para um terreno baldio, nos fundos da fazenda, que havia sido tomado por mudas de bétula. As ovelhas passaram o dia inteiro lá, pastando folhas sob a supervisão de Guincho. À noite, ele retornou para a casa da fazenda, porém, como o tempo estava quente, pediu que as ovelhas ficassem onde estavam. Acabou que permaneceram lá por uma semana inteira, na qual nenhum dos outros animais as viram. Guincho ficava com elas na maior parte de cada dia. Contou que as ensinava a cantar uma nova música e, por isso, era necessário privacidade.

Foi logo após as ovelhas retornarem, em uma noite agradável na qual os animais haviam terminado o trabalho e voltavam para as construções da fazenda que o relincho aterrorizado de um cavalo soou pelo pátio. Assustados, os animais pararam. Era a voz de Sortuda. Ela relinchou novamente, e todos os animais apressaram seu galope até o pátio. Então, depararam-se com o que Sortuda havia visto.

Um porco andando nas patas traseiras.

Sim, era Guincho. Estava caminhando pelo pátio um pouco desajeitado, como se não estivesse tão acostumado a suportar seu considerável peso em tal posição, mas com um equilíbrio perfeito. Instantes depois, uma longa fileira de porcos saiu da casa da fazenda, todos andando sobre as patas traseiras. Alguns conseguiam melhor do que outros, um ou outro estavam um pouco instáveis e pareciam requerer o apoio de uma bengala, mas todos caminharam pelo pátio com sucesso. Por fim, com latidos espantosos dos cães e um cacarejo estridente do galo negro, o próprio Napoleão saiu, majestosamente ereto, desferindo olhadelas altivas para todos os lados e com os cães saltitando ao seu redor.

Carregava um chicote na pata.

Um silêncio mortal se seguiu. Perplexos, aterrorizados e amontoados, os animais assistiram à longa fileira de porcos marchar com vagarosidade pelo pátio. Era como se o mundo tivesse virado de cabeça para baixo. Então, chegou uma hora em que o choque inicial passou e eles poderiam ter elevado a voz em protesto – apesar do medo que sentiam dos cachorros e do hábito, desenvolvido ao longo dos anos, de nunca reclamar ou criticar, não importando o motivo. Contudo, bem naquele momento, como se recebendo um sinal, todas as ovelhas explodiram em um balido estrondoso:

– Quatro pernas bom, duas pernas MELHOR! Quatro pernas bom, duas pernas MELHOR! Quatro pernas bom, duas pernas MELHOR!

O balido prosseguiu por cinco minutos sem parar. Quando as ovelhas se aquietaram, os animais perderam a oportunidade de qualquer protesto porque os porcos marcharam de volta para a casa.

Benjamin sentiu um focinho se apoiando em seu ombro. Lançou a vista. Era Sortuda. Seus olhos envelhecidos pareciam mais opacos do que nunca. Sem dizer nada, ela puxou gentilmente sua crina e o levou para os fundos do grande celeiro, onde estavam escritos os Sete Mandamentos. Por um ou dois minutos permaneceram olhando para a parede pintada com letras brancas.

– Minha visão está falhando – disse ela. – Mesmo jovem, eu não conseguiria ler o que está escrito ali. Mas parece que a parede está diferente. Os Sete Mandamentos são os mesmos que antes, Benjamin?

Pela primeira vez, Benjamin consentiu em quebrar sua regra e leu para ela o que estava escrito na parede. Não havia nada, exceto um único Mandamento:

TODOS OS ANIMAIS SÃO IGUAIS.
MAS ALGUNS ANIMAIS SÃO MAIS IGUAIS DO QUE OUTROS.

Depois daquilo, não pareceu estranho quando, no dia seguinte, todos os porcos supervisores do trabalho na fazenda apareceram portando chicotes nas patas. Não pareceu estranho que haviam comprado um receptor de rádio, planejavam instalar um telefone e haviam assinado algumas revistas e o jornal *Daily Mirror*. Não pareceu estranho quando Napoleão foi visto caminhando no quintal da casa com um cachimbo na boca – não, nem mesmo quando os porcos tiraram as roupas do sr. Jones do guarda-roupa e as vestiram. O próprio Napoleão apareceu com um casaco preto, calção e perneiras de couro, enquanto sua porca favorita usava um vestido de cetim que a sra. Jones utilizava aos domingos.

Uma semana depois, à tarde, algumas carruagens chegaram à fazenda. Uma delegação de fazendeiros vizinhos foi convidada a fazer uma ronda de inspeção. A fazenda foi-lhes apresentada e eles expressaram enorme admiração por tudo que viram, em especial o moinho. Os animais estavam capinando o campo de nabos. Trabalhavam obedientemente, mal levantando as cabeças do solo e sem saber se deveriam ficar mais assustados com os porcos ou com os visitantes humanos.

Naquela noite, risadas altas e momentos de cantoria ecoaram da casa da fazenda. De repente, ao som misturado de vozes, os animais foram tomados por curiosidade. O que poderia estar acontecendo lá dentro, já que pela primeira vez animais e humanos se encontravam em termos igualitários? De uma só vez, eles se esgueiraram do jeito mais manso possível rumo ao quintal da casa.

No portão, pararam, um pouco assustados para prosseguir, mas Sortuda tomou a dianteira. Seguiram até a casa na ponta dos pés, e os que eram altos o suficiente espreitaram pela janela da sala de jantar. Ao redor da longa mesa jaziam meia dúzia de fazendeiros e meia dúzia dos mais eminentes porcos, com Napoleão na cabeceira, ocupando o assento de honra. Os porcos pareciam bem à vontade nas cadeiras. O grupo estivera se divertindo com um jogo de cartas, mas parara para fazer um brinde. Uma jarra grande circulava e os canecos eram preenchidos com cerveja. Ninguém notou as faces curiosas dos animais bisbilhotando pela janela.

O sr. Pitágoras, da Fazenda do Raposão, levantou-se com o caneco na mão. Propôs que o grupo fizesse um brinde em instantes. Mas, antes, avisou que queria pronunciar algumas palavras que sentia serem sua obrigação.

Disse que era fonte de enorme satisfação para ele, e estava certo de que também para os demais presentes ali, que um longo período de desconfiança e mal-entendido se encerrava. Houve um tempo – não que ele ou qualquer um dos outros convidados compartilhasse tais sentimentos – em que os respeitosos proprietários da Fazenda dos Animais eram vistos pelos vizinhos humanos com... Ele não diria hostilidade, mas talvez certo grau de apreensão. Incidentes infelizes ocorreram, ideias equivocadas circularam. Fora considerado que a existência de uma fazenda possuída e gerenciada por porcos era, de alguma maneira, anormal e fadada a gerar um efeito perturbador na vizinhança. Muitos fazendeiros consideraram, sem o questionamento adequado, que em tal fazenda prevaleceria um espírito de devassidão e falta de disciplina. Estavam nervosos com as consequências para seus próprios animais ou até para seus empregados humanos. Contudo, tais dúvidas haviam se dissipado. Hoje, ele e seus amigos visitaram a Fazenda dos Animais e inspecionaram cada centímetro dela com seus próprios olhos. E o que descobriram? Não apenas métodos mais atualizados, mas uma disciplina e uma ordem que deveriam servir de exemplo para todos os fazendeiros em qualquer lugar. O sr. Pitágoras acreditava-se certo ao afirmar que os animais inferiores na Fazenda dos Animais trabalhavam mais e recebiam menos comida do que quaisquer outros animais no distrito. Na verdade, ele e seus companheiros haviam observado muitas características que pretendiam introduzir de imediato em suas próprias fazendas.

O sr. Pitágoras informou que terminaria seu discurso enfatizando mais uma vez os sentimentos de amizade que perduravam e deveriam perdurar entre a Fazenda dos Animais e seus vizinhos. Entre porcos e humanos não havia, e não precisaria haver, nenhum conflito de interesses. Suas lutas e dificuldades eram as mesmas. Não era a questão trabalhista a mesma em qualquer lugar? Naquele momento, ficou visível que o sr. Pitágoras estava prestes a verbalizar algumas palavras espirituosas cuidadosamente preparadas, mas parecia deleitado demais para falar. Após engasgar várias vezes até sua papada ficar roxa, ele conseguiu soltar:

– Se vocês têm de lidar com seus animais inferiores, nós temos nossas classes mais baixas!

Aquela observação sagaz atiçou um estardalhaço pela mesa; e o sr. Pitágoras parabenizou de novo os porcos pelas rações econômicas, as longas horas de trabalho e a ausência de regalias que observara na Fazenda dos Animais.

Pediu, por fim, que o grupo ficasse de pé e verificasse se os canecos estavam cheios.

– Senhores – concluiu o sr. Pitágoras –, um brinde à prosperidade da Fazenda dos Animais!

Eles comemoraram com entusiasmo e bateram os pés no chão. Napoleão estava tão grato que saiu de seu lugar e contornou a mesa para tilintar seu caneco com o do sr. Pitágoras antes de beber. Quando a comemoração cessou, Napoleão, ainda de pé, declarou que também tinha algumas palavras a dizer.

Como todos os discursos de Napoleão, aquele foi curto e direto ao ponto. Falou que também estava feliz que o período de mal-entendido terminara. Por muito tempo houve rumores – ele tinha motivos para acreditar que disseminados por um inimigo maligno – sobre haver algo de subversivo e até revolucionário no comportamento dele e de seus colegas. Haviam insinuado que estavam tentando atiçar a rebelião entre os animais das fazendas vizinhas. Aquilo não podia estar mais longe da verdade! Seu único desejo, naquele momento e no passado, era viver em paz e em relações comerciais normais com os vizinhos. Acrescentou que aquela fazenda, a qual tinha a honra de gerenciar, era uma empreitada cooperativa. Os títulos de propriedade em sua posse eram de todos os porcos.

Contou que não acreditava que qualquer uma das antigas suspeitas ainda perdurasse, mas certas mudanças haviam sido feitas recentemente na rotina da fazenda visando aumentar ainda mais a confiança. Até o momento, os animais da fazenda tinham o costume tolo de chamar uns aos outros de "camaradas". Aquilo seria suprimido. Também houve um costume bem esquisito, cuja origem era desconhecida, de marchar todo domingo de manhã em frente ao crânio de um varrão pregado em um poste no quintal. Aquilo também seria suprimido, e o crânio já fora até mesmo enterrado. Disse que os visitantes também devem ter observado a bandeira verde que esvoaçava no mastro. Se a viram, deviam ter notado que o casco e o chifre brancos que antes eram exibidos nela haviam sido removidos. Seria uma bandeira completamente verde daquele momento em diante.

Napoleão comentou que tinha apenas uma crítica ao discurso cortês e excelente do sr. Pitágoras. O sr. Pitágoras havia utilizado o nome "Fazenda dos Animais". Era claro que não tinha como saber – já que ele, Napoleão, estava anunciando naquele instante – que o nome "Fazenda dos Animais" fora abolido. O novo nome da fazenda seria "Fazenda do Solar", o qual ele acreditava ser o nome correto e original.

– Senhores – concluiu Napoleão –, farei o mesmo brinde de antes, mas de uma maneira diferente. Encham seus canecos até a boca. Senhores, à prosperidade da Fazenda do Solar!

Comemoraram da mesma maneira animada que antes, e os canecos se esvaziaram até a última gota. Entretanto, à medida que os animais do lado de fora observavam a cena, parecia que algo estranho estava acontecendo. O que havia mudado no rosto dos porcos? Os olhos envelhecidos e opacos de Sortuda percorreram de uma face a outra. Alguns tinham cinco papadas, outros quatro e alguns três. Mas o que era que parecia estar derretendo e se alterando? Então, com o fim dos aplausos, o grupo pegou as cartas e continuaram o jogo que havia sido interrompido. Os animais se afastaram em silêncio.

Porém, pararam antes de andar sequer vinte metros. Um rebuliço veio da casa. Eles se apressaram de volta e olharam pela janela mais uma vez. Sim, uma luta violenta. Gritos, batidas na mesa, olhares repletos de suspeita e negativas furiosas. A origem do problema parecia ser que tanto Napoleão quanto o sr. Pitágoras haviam jogado um ás de espadas ao mesmo tempo.

Doze vozes gritavam com raiva, todas idênticas. Não restava dúvida sobre o que acontecera com as faces dos porcos. Os bichos do lado de fora olharam de porco para homem, de homem para porco e de porco para homem novamente; mas já era impossível distinguir porcos de homens.

Novembro de 1943 — Fevereiro de 1944

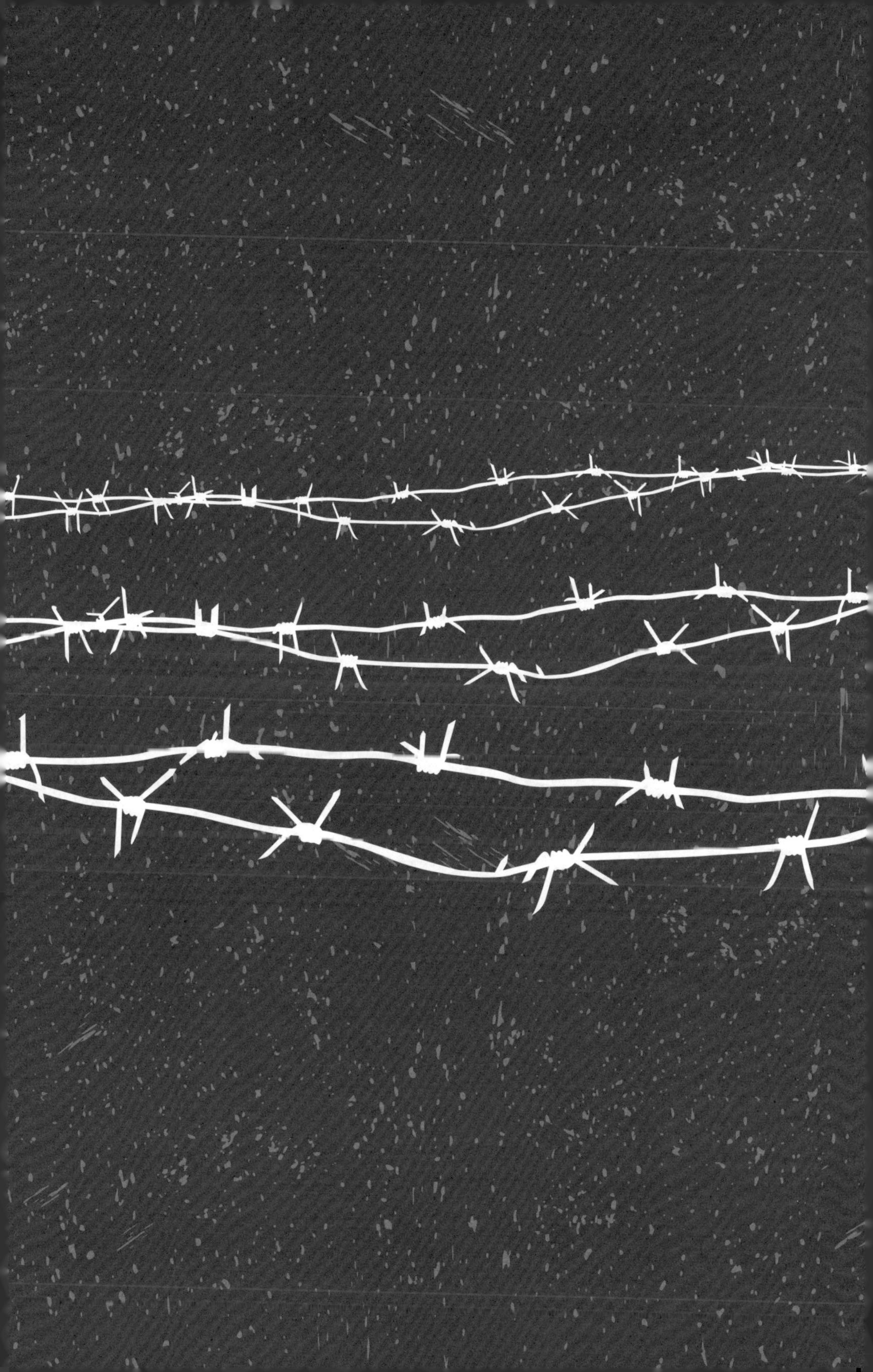

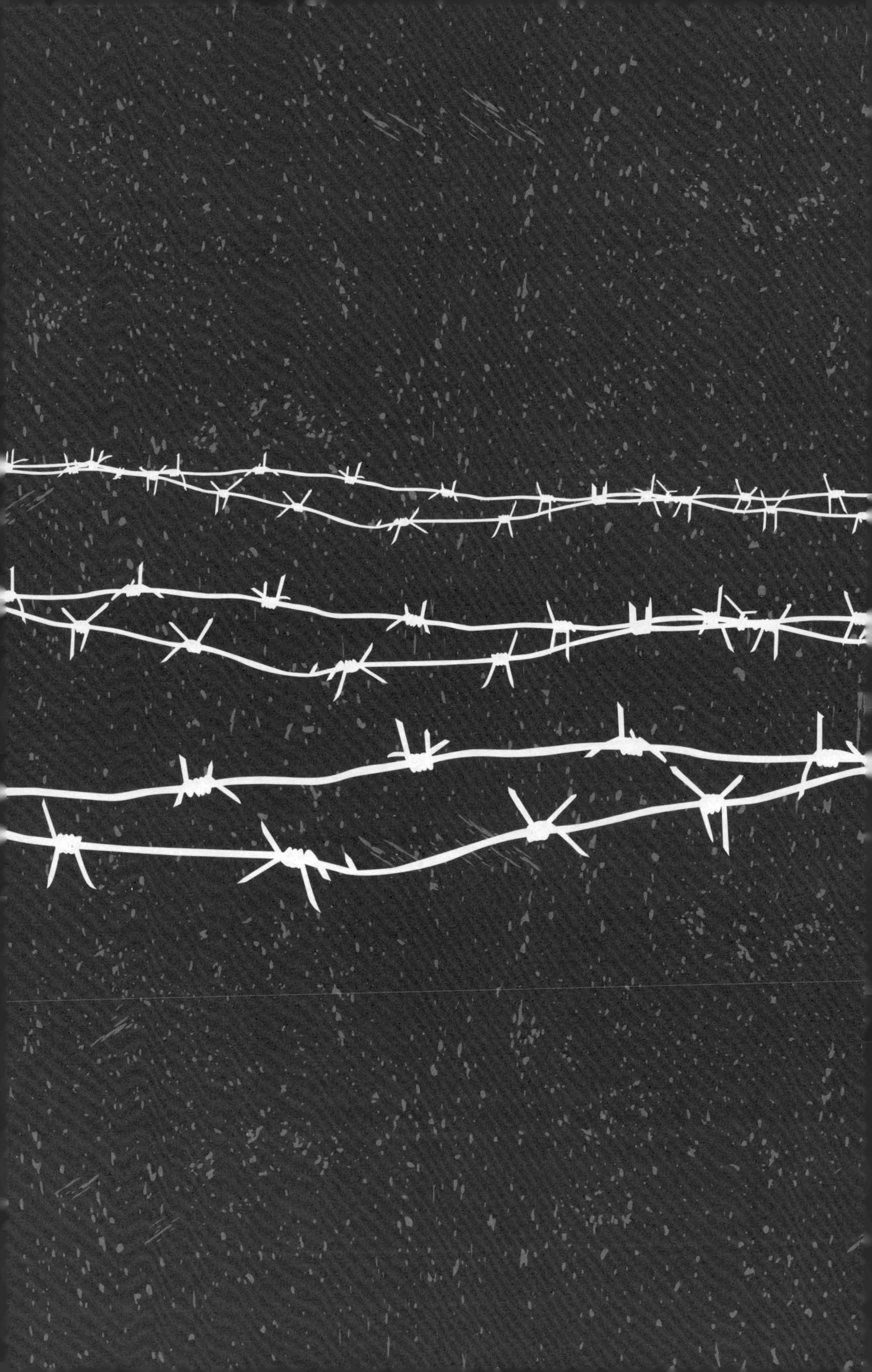

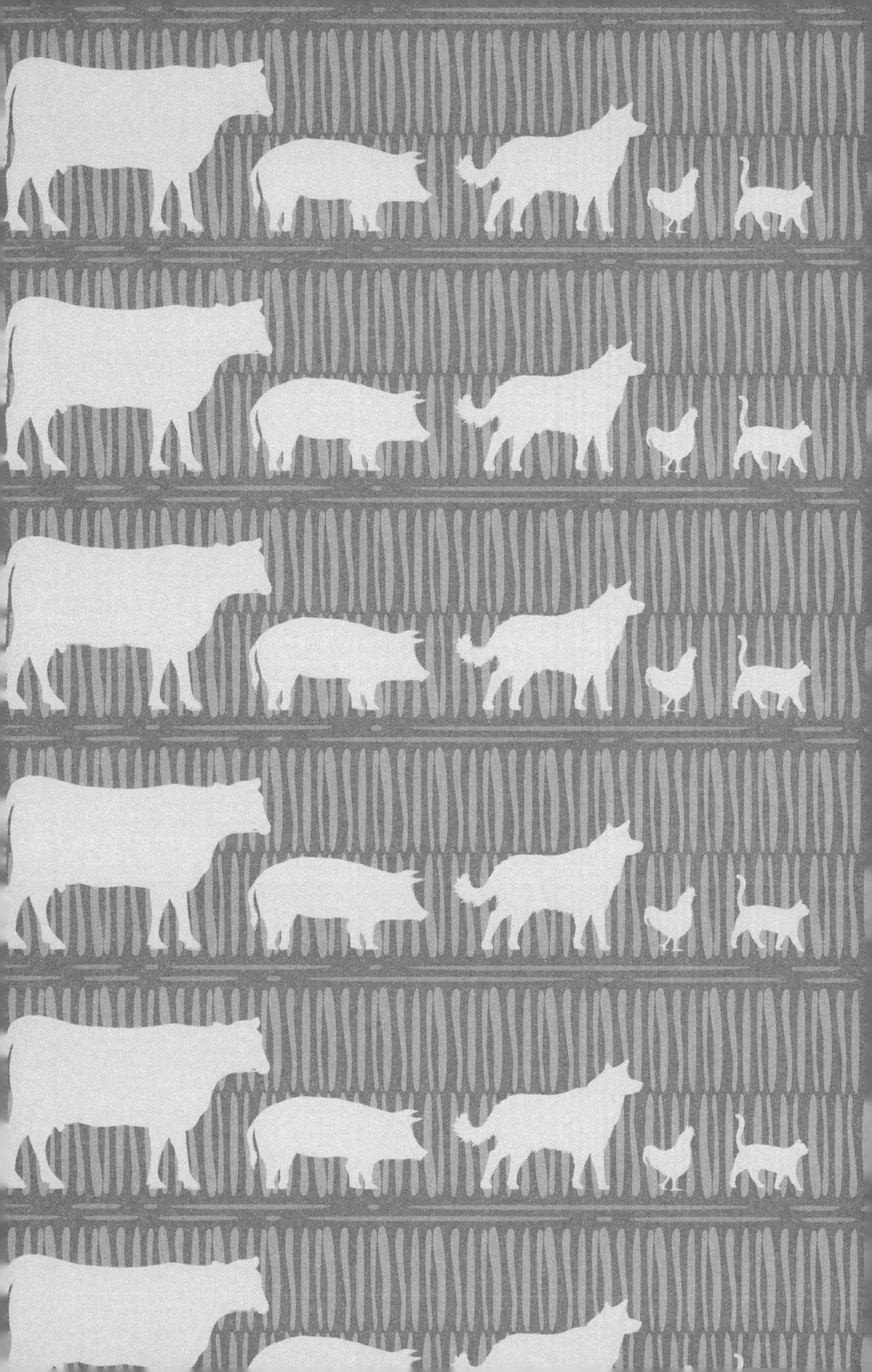